KB043003

하이베른가의 대공자

하이베른가의 대공자 **7**

초판 1쇄 인쇄일 2023년 12월 7일 | **초판 1쇄 발행일** 2023년 12월 13일

지은이 청루연 | **펴낸이** 곽동현 | **담당편집 팀장** 이범수
편집부 정요한 김승건

펴낸곳 (주)조은세상 | 출판등록 제2002-23호
주소 서울특별시 동작구 동작대로1길 27 5층
TEL 02)587-2966 | FAX 02)587-2922
E-mail bukdu@comics21c.co.kr

청루연ⓒ2023
ISBN 979-11-391-0080-8 | ISBN 979-11-391-1964-0(set)
값 9,000원

7

북두
(주)좋은세상

하이베른가의 대공자

청루연
판타지 장편소설

청루연 판타지 장편소설

FANTASY STORY

CONTENTS

Chapter. 44

Chapter. 44

"권력을 탐한다라……."

의외로 소드 힐의 노인은 별다른 감정을 드러내지 않았다.

그저 루인의 질문을 곱씹는 듯한 표정.

루인의 무심한 목소리가 곧바로 이어졌다.

"어렵게 생각할 것은 없다. 정답은 간단해. 숭고하다고 믿는 당신들의 의지에 아무런 욕망이 없었느냐에 관한 간단한 성찰의 문제거든."

이 문제는 루인에게 굉장히 중요한 관점이었다.

대답의 여하에 따라 소드 힐이라는 단체를 가늠하는 척도가 될 수 있었으니까.

9

인간의 '순수'와 '욕망'을 나누는 관점은 복잡하게 느껴지지만 의외로 단순하다.

오직 살아남고자 했던 것이 결성한 이유의 전부였던 인류연합은 후대를 남기고자 하는 자연적인 종(種)의 본능, 즉 '순수'였다.

그래서 그 시대를 살았던 영웅들은 누구도 욕망을 탐하지 않았다.

그러므로 그들의 희생은 설명할 수 없는 숭고함이라 말할 수 있는 것이다.

소드 힐이 이런 자신의 가치와 함께 나아갈 수 없다면 여기서 인연을 정리해야만 했다.

그들이 아무리 특별하고 대단한 역량을 지니고 있다고 해도.

"특히 당신들은 노인들이니 말이야."

인간이 나이를 먹다 보면 물질적인 것보다 정신적인 가치를 더욱 추구하게 된다.

역사가 평가할 자신들의 삶을 더욱 신경 쓰게 되는 것이다.

이런 역사의 평가는 필연적으로 인간의 명예욕을 낳게 된다.

명예도 엄연히 욕망에 속하는 인간의 특성.

자신의 이름과 가문, 혹은 특정 집단의 명예를 드높이기 위해 어떤 짓도 할 수 있는 것이 삶의 끝자락에 서 있는 인간의 본성이었다.

"우리의 수호(守護)에 아무런 욕망도 없었다고는 말할 수가 없겠군. 하지만 대공자, 그대 역시 화려한 대관식을 통해 전 왕국에 자신의 이름을 알리지 않았는가."

소드 힐의 노인이 주장하는 논리는 간단했다.

명예를 추구하는 인간의 본성을 '순수'라고 주장하고 있는 것.

사람들에게 잘 보이고 싶고 자신의 재능을 드러내고 싶은 마음은 인간의 당연한 심리라고 항변하고 있는 것이다.

그러나 그런 논리는 역시 인간의 관점.

루인이 굳이 왕국의 대규모 기원제에서 검성을 꺾은 것은 앞으로의 행보를 설계하는 효율적인 과정에 불과했다.

이왕 드러날 거라면 철저하게 계산된 연출을 통해 하이베른가와 자신의 명성을 최대한 드높인 것이다.

르마델을 장악하고 있는 기성 귀족들에게 압박과 혼란을 선사하고.

렌시아가의 폭정에 몸을 웅크리고 있는 귀족들에게 하이베른가가 구심점으로 등장하는 철저하게 계획된 연출.

단언컨대, 거기에는 루인의 어떤 사적 감정이나 욕망이 섞여 있지 않았다.

'……'

분노로 몸을 떨던 베리앙도 점점 이들의 대화에 집중하기 시작했다.

대화가 거듭될수록 드러나는 루인의 사고방식이 그만큼 기이했기 때문이다.

인간이 이룩한 문명(文明)은 그 자체가 욕망으로 쌓아 올린 거대한 성.

그들은 수를 늘리기 위해 대륙의 곳곳을 개간했고 그런 땅을 넓히고자 전쟁을 벌였다.

편하게 살기 위해 마법과 기술을 발달시켰고, 종의 영원한 안녕을 위해 후손들에게 지식을 전승했다.

인간, 특히 마도를 걷고 있는 마법사가 그런 인간의 역사를 부정한다는 것은 실로 우스운 일.

마법사들은 마도의 명예와 지식의 전승에 목숨까지 거는 족속들이다.

"실로 웃긴 인간이로군. 마법이야말로 거대한 욕망의 산물. 그런 욕망을 덕지덕지 몸에 두르고 있는 인간 주제에 감히 순수를 논하느냐? 나 역시 욕망에서 자유롭지 못하거늘."

루인은 그저 힘없이 웃을 수밖에 없었다.

지금은 욕망의 시대.

멸망의 때에 이르렀을 때, 인간, 아니 모든 종족들은 오직 살아남고자 하는 종의 순수로 되돌아갔다.

욕망으로 쌓아 올린 문명들이 얼마나 쉽게 무너질 수 있는지 뼈저리게 경험한 루인.

'……또 한 번 헛짓을 했군.'

처절한 멸망을 경험하지 못한 자들에게 자신의 관점을 주장하거나 설득시킬 수는 없을 것이다.

바뀌어야 할 것은 저들이 아니라 자신이어야 하는 것이다.

허탈하게 웃고 있던 루인이 소드 힐의 노인을 쳐다봤다.

"그래. 나를 찾은 목적이 그거 하나뿐이야?"

하이베른가의 대공자가 왕실의 일에 개입하고 있는 것을 지적하기 위해 드래곤까지 데려올 필요는 없었을 것이다.

드래곤이 아무리 유희에 집착하고 호기심이 왕성하다지만 시간의 낭비를 극도로 혐오하는 종족이기도 했으니까.

"이번 무투대회의 참가를 허락하지 않겠네."

"응?"

황당해진 루인의 두 눈.

"불사(不死)의 육체를 운운하며 우리를 협박해도 이번에는 소용없네. 이 일은 '카알라고스' 님의 의지이기도 하니까."

"……카알라고스?"

루인의 눈빛이 더욱 황당함으로 물들었다.

소드 힐의 노인이 언급한 대상 '카알라고스'는 '존재'들과 비견되는 이름, 지고룡(地古龍)의 전설적인 이름이었으니까.

"그가 살아 있단 뜻인가?"

"실존하신다."

놀라운 말이었다.

지고룡은 단순한 드래곤이 아니다.

드래곤 종족의 신화 속에 존재하는 창세룡(創世龍).

지금 이 소드 힐의 노인이 하는 말은 인간의 문명으로 치면 '최초의 인간'이 살아 있다는 말과 같은 의미였다.

"농담이 지나치군."

드래곤은 마계의 마족처럼 무한을 살아가는 생명체가 아니었다.

고대로부터 이어진 드래곤의 활동 시대는 수만 년에 이른다.

그런 역사를 열었던 신화 속의 장본인이 지금까지 존재한다?

그 말은 그가 단순한 드래곤이 아니라 신적인 존재라는 뜻이었다.

게다가 만약 그가 신적인 존재라서 지금까지 살아 있다고 해도, 한낱 인간 귀족에 불과한 자신의 행동을 주목하고 있다는 것은 농담같이 들릴 뿐이었다.

"거짓이 아니다 인간. 이 비셰울리스의 이름으로 지고룡님의 생존을 보증하지."

드래곤의 이름으로 지고룡의 생존을 보증했다.

드래곤 종족도 마족과 비슷해서 이름을 거는 맹세에 굉장한 의미를 두는 종족이었다.

루인의 황당한 표정이 점점 누그러진다.

"도저히 이해가 되지 않는군."

지금까지의 말을 종합해 보면 이들이 지고룡 카알라고스의 사자(使者)라는 뜻.

자신의 행동을 제지하는 지고룡의 의도는 궁금했다.

하지만 인간 종족을 대표하는 것도 아니고 고작 중소 왕국의 은퇴자 집단과 지고룡이 무슨 관계를 맺고 있는지가 더욱 의문스러웠다.

루인이 다시 눈을 빛냈다.

"혹시 당신들은 단순히 국가가 아니라 종족의 수호자 집단과도 연대하고 있나?"

루인의 질문에 베리앙, 아니 드래곤 비셰울리스의 대답이 이어졌다.

"수호자 동맹은 꽤 오래된 연맹이지."

각 종족을 수호하는 자들의 연맹체가 있었다고?

그것도 드래곤들까지 포함한?

'말이 안 돼.'

르마델 왕국을 수호하는 소드 힐의 노인만 해도 상위 경지의 초인이었다.

그렇다는 건 각국의 수호자 집단에도 초인들이 즐비하다는 뜻.

더욱이 각각의 종족을 수호하는 이종족들, 거기에 지고룡으로 대표되는 드래곤 종족의 수호 집단까지 합세했다라⋯⋯.

그것은 오히려 과거의 인류 연합보다 훨씬 강력한 연합이라 할 수 있었다.

과거에도 이런 집단이 있었다면 세계의 멸망 앞에 한 번도 존재를 드러내지 않았다는 건 말이 되지 않는 것이다.

하지만 아직 미래를 겪지 않은 자들에게 도대체 어디 있었냐고 물을 수도 없는 일이었다.

'기가 찰 노릇이군.'

인류 연합이 그토록 처절하게 악제의 군단에 저항할 때 얼굴 한 번 비추지 않은 자들.

일단 루인은 자신의 출전을 막는 이유부터 물었다.

"이 무투대회에 무슨 일이라도 있는 건가?"

소드 힐의 노인이 질문에 질문으로 대답했다.

"그대는 '너울거리는 그림자'를 알고 있네. 혹시 그들의 주인이 누군지도 알고 있는가?"

무심하게 고개를 끄덕이는 루인.

"악제(惡帝)."

"······악제?"

소스라치게 놀라는 소드 힐의 노인.

각국의 수호자 집단이 오랜 세월 그를 추적해 왔지만, 아직 누구도 그를 인식하거나 지칭하는 것을 본 적이 없었다.

한데도 이 하이베른가의 대공자는 명확하게 그를 호칭하고 있는 것이다.

"자, 자네가 그를 알고 있었다고?"

무한한 광기와 분노, 처절한 살의가 루인의 입가를 맴돌았다.

드래곤인 비셰울리스가 가슴이 서늘해질 정도.

한낱 인간의 감정이라고는 믿을 수 없을 정도의 밀도 높은 적개심이었다.

"알지."

"……그, 그런!"

지금도 모든 수호자 집단이 그를 추적하고 있었다.

그럼에도 그의 실체에 다가간 자는 아무도 없었다.

루인이 그를 호칭하고 있다는 건 그만큼 믿을 수 없는 일이었다.

"자꾸 옆길로 새지 말고 본론만 말해. 이 에어라인에 악제 놈이 출현하기라도 했나?"

"……이번 무투대회에 그 '너울거리는 그림자'에 소속된 자가 참가했네."

"뭐?"

후일 악제의 군단으로 탈바꿈될 '너울거리는 그림자'에는 무수한 군단장의 후보들이 존재할 것이다.

이번 무투대회에 출전한다는 건 생도라는 뜻.

하지만 그런 악제의 군단장들을 속속들이 알고 있는 루인은 한 번도 아카데미에서 그들의 존재를 인식한 적이 없었다.

"확실한 정보인가?"

"내 명예를 걸겠네."

명예에 집착하는 노인이 명예를 걸었다.

루인이 다시 노인을 무심히 응시했다.

"하지만 그게 나와 무슨 상관이지? 굳이 내 출전을 막는 이유는?"

"그대가 지킬 가치가 있는 사람이라는 뜻이지."

다시 루인이 피식 웃는다.

이건 듣기 좋으라고 하는 말.

산전수전을·다 겪은 루인이 노인의 음흉한 속내에 놀아날리가 없었다.

"내 역량을 뻔히 알면서 나를 보호하겠다고?"

"그대의 역량을 완벽하게 확인한 건 아니지 않은가?"

앞서 루인은 소드 힐의 노인에게 마신 쟈이로벨의 존재를 드러냈다.

거기에 죽음에서 부활할 수 있다는 비밀까지 언급했다.

당시에는 아무런 마법적 역량이 없었기에 그런 식으로 협박할 수밖에 없었다.

그렇게 하지 않았다면 초인의 강짜에 놀아날 수밖에 없었을 것이다.

"초월자의 영역에 발을 들인 군단장이 벌써 출현했다는 뜻인가?"

"······군단장?"

헤이로도스의 술식.

마신 쟈이로벨의 마법.

거기에 진마력을 초월한 융합 마력과 만 년 이상의 이미지로 단련된 염동력을 종합해 볼 때 초월자가 아니고선 자신을 상대할 수는 없었다.

즉, 이 평화의 시대에는 대마도사의 역량을 맞상대할 수 있는 사람이 거의 존재하지 않는다는 뜻.

"악제의 수하를 일컫는 말이다. 질문에나 대답해. 너울거리는 그림자 놈들 중에 초월자가, 아니 상위 경지의 초인이라도 있나?"

쾌검술에 특화된 상위 경지의 기사 초인도 아직은 위험했다. 쾌검술의 초인은 모든 마법사의 마도와 상극이었다.

"그건 모르네."

인상을 찡그리는 루인.

"그런데도 내가 위험하다고?"

"불확실한 미지(未知)는 언제나 위험하지."

"쓸데없는."

쯧 하고 혀를 차던 루인이 비셰울리스를 쳐다봤다.

"정말 이게 지고룡의 뜻이라고?"

"그렇다."

드래곤, 그것도 신에 근접한 존재라면 한낱 인간의 일을 중요하게 생각하지 않을 것이다.

만약 자신을 주목했다면 그건 단 하나의 의미.

"혹시 그가 미래를 읽을 수도 있나?"

비세울리스의 눈빛이 한층 깊어진다.

"모른다. 하지만 그분의 지혜는 감히 누구도 추측할 수 없다."

피식.

"날 알고 있는 것도 지혜의 영역인가?"

"그분 역시 인간으로 활동하신다."

"뭐?"

비세울리스가 웃었다.

"이미 그대의 가까운 곳에 계시지."

◆ ◈ ◆

-이미 그대의 가까운 곳에 계시지.

혼란스러운 한마디를 남기고 떠나간 왕국의 비밀 수호자들.

이미 루인은 자신의 감각을 모조리 차단한 채 이미지에 빠져든 상태였다.

'대체 누구지?'

물론 유희의 삶에 오랜 세월 익숙해진 드래곤이라면 완벽에 가깝게 인간으로 위장할 수 있을 것이다.

하지만 자신은 영혼의 본질을 살필 수 있는 쟈이로벨과 거의 모든 시간을 함께해 왔다.

자신의 주변에서 드래곤이 활동했다면 드래곤 특유의 강대한 영혼을 쟈이로벨이 눈치채지 못할 리가 없는 것이다.

물론 카알라고스가 그냥 드래곤은 아니었다.

신화 속의 창세룡인 그에게 마신 쟈이로벨의 감각조차 속일 수 있는 어떤 특별한 권능이 있을 수도 있었다.

상황이 이렇다 보니 루인은 모두가 의심스러웠다.

전생의 인연이었던 적요하는 마법사 루이즈와 검성 월켄은 확실히 제외할 수 있는 인물들.

하지만 그 외의 리리아와 다프네, 시론, 세베론, 슈리에…….

헤데이안 학부장과 마탑주 에기오스, 아카데미의 모든 고등위 생도들, 심지어 가문의 혈족들과 방계의 구성원들까지.

그렇게 전생의 인연들을 제외하면 자신이 지금까지 만났던 거의 모든 인물들을 용의선상에 올릴 수밖에 없는 상황이었다.

무엇보다 가장 혼란스러운 것은.

'그가 왜 나를…….'

지고룡, 또는 창세룡이라 불리는 신화적인 드래곤이 대체 무슨 이유로 자신의 주위를 맴돌고 있을까?

루인이 유추해 낸 가능성은 크게 두 가지.

절대악 발카시어리어스를 소환한 일이 창세룡의 이목을 끌었거나, 두 번째는 자신의 회귀의 비밀, 즉 미래를 아는 존재라는 것.

첫 번째는 적당히 대처하면 문제될 것이 없었지만 회귀의 비밀을 아는 것은 꽤 심각한 문제였다.

지금까지 세워 둔 계획의 전면 수정이 불가피한 것이다.

자신의 일에 창세룡이 개입한다?

분명 무수한 변수가 출현할 것은 불 보듯 뻔한 일이었다.

한 치의 변수도 용납하고 싶지 않은 것이 대마도사인 루인의 치열한 본성.

그런 루인의 입장에서는 오히려 이번 무투대회에 개입한 '너울거리는 그림자'보다 창세룡을 찾는 일이 더 시급한 문제였다.

그렇다고 너울거리는 그림자를 찾는 일 또한 그리 가벼운 일은 아니었다.

'미치겠군……'

어쩐지 지금까지 너무 순탄하게 모든 일이 척척 진행된다 싶더라니 마침내 계획이 하나씩 어그러지기 시작했다.

검성이 성녀를 찾아 나선 후로 자꾸만 생각지도 못했던 변수가 속속들이 튀어나오고 있는 것이다.

출전자 캠프로 다시 들어온 시론이 심각한 표정으로 눈을 감고 있는 루인을 조심스럽게 불렀다.

"……루인?"

상념에서 깨어난 루인이 무심히 시론을 응시한다.

시론은 어딘가 모르게 묘한 루인의 눈초리에 괜히 위축됐
다.

"뭐, 뭐야? 갑자기 왜 그렇게 보는 거지?"

"아니다."

아무리 인간으로 위장해서 자신의 주위를 살피고 싶었다
고 해도 저 시론이 창세룡은 아닐 것이다.

시론은 고고한 드래곤의 자아와는 너무 거리가 멀었으니
까.

"그 사람들은 누구였지?"

다음으로 캠프에 들어온 생도는 리리아.

'리리아라…….'

리리아가 창세룡의 유희체라면 그것도 그것대로 놀라운
일이었다.

무려 드래곤이 자신에게 이성으로서의 호감을 느꼈다는
뜻이니까.

"뭐, 뭐예요?"

무턱대고 아래위를 훑어 대는 루인의 치밀한 시선에 황급
히 두 손으로 가슴을 감싸는 다프네.

"가, 갑자기 왜 그런 식으로 보는 거죠?"

루인이 거칠게 머리를 흔들었다.

이렇게 순진한 생도들을 대체 어떻게 창세룡이라 생각할 수 있단 말인가.

그때.

와아아아아아아!

갑작스레 들려온 함성.

관중석으로부터 캠프가 흔들거릴 정도의 열광이 터져 나온 것이다.

〈예선이 시작된 것 같아요.〉

루인이 캠프의 입구에 걸려 있는 대진표를 바라봤다.

"그놈들이 첫 번째군."

이명 랭킹 1위의 뇌전의 기사 브홀렌이 속해 있는 파티.

생동하는 화염 유리우스와 그림자 혹한 타가엘의 바로 그 파티가 첫 번째로 예선전을 치르는 그룹이었다.

아카데미의 소식에 어두운 사람들도 그들이 가장 강력한 우승 후보라는 것쯤은 이미 알고 있었다.

그러다 보니 저런 엄청난 함성이 터져 나온 것이다.

"우리 입장에서는 유리한 상황이다! 선배들의 훈련 성과를 미리 가늠할 수 있잖아!"

"우리도 구경 가요!"

"좋아!"

시론과 다프네가 서둘러 캠프를 나가자 리리아의 무심한 시선이 루인을 향했다.

"캠프에 남아 있을 건가."

"아니. 함께 가지."

악제를 추종하는 너울거리는 그림자가 이번 무투대회에 출현했다면 화려한 이명 랭커들 틈에 섞여 있을 확률이 높을 것이다.

수세에 몰렸을 때 군단장의 역량을 드러내기 가장 좋은 환경을 선호할 테니까.

< 귀빈석 근처에 좋은 자리를 봐 뒀어요. >

캠프를 나서던 루인이 루이즈를 쳐다보며 씨익 웃었다.

적요하는 마법사의 순진했던 시절을 경험하는 건 언제나 즐거운 일이었다.

리리아가 루이즈를 한심하다는 듯 쳐다보았다.

"그렇게 좋은 자리는 이미 임자가 있을 거다. 귀빈석 근처니까 학장님과 교수님들의 자리겠지."

두 눈을 동그랗게 뜨는 세베론.

"오오! 학장님이시라면!"

왕립 아카데미의 수장 '베벤토 학장'.

르마델이 자랑하는 초인, 수호자 드베이안 공과 더불어 왕국을 대표하는 또 다른 기사의 이름이었다.

그런 베벤토 학장의 명성은 조금은 묘한 감이 있었다.

한 번도 실력이 드러난 적은 없지만 왕국의 모든 백성들은 그를 수호자 드베이안 공이나 하이베른가의 사자왕에 버금가는 기사라 믿고 있었다.

대대로 아카데미의 학장은 왕국에서 가장 드높은 경지의 기사나 마법사가 맡아 왔기 때문.

그것은 마도사 슈레이터로부터 내려온 전통이라서 왕국의 누구도 베벤토 학장의 실력을 의심하지 않았다.

수호자 드베이안.

베벤토 학장.

왕국의 기수, 사자왕 카젠.

환상검제 레페이온.

이 강력한 기사들이 바로 알칸 제국의 압력에도 르마델 왕국이 버틸 수 있는 진정한 원동력인 것이다.

당연히 생도들은 들뜰 수밖에 없었다.

루인이 세베론을 향해 인상을 찡그렸다.

"왜 그렇게 호들갑을 떠는 거지?"

"넌 안 떨려? 학부장님들은 많이 봤어도 학장님을 보는 건 처음이잖아!"

학장 베벤토.

최후의 때에 이르렀을 때 가장 먼저 1왕자 아라혼과 손을 잡은 인간.

그는 악제군 제17군단장 아라혼과 함께 누구보다 잔인하게 르마델 왕국을 파괴했던 인물이었다.

처음 아라혼을 봤을 때 그랬던 것처럼, 이번에도 루인은 온몸의 피가 차갑게 식는 심정이었다.

전생의 악연들을 다시 만나는 건 늘 불쾌한 기분을 동반했다.

'……'

분명 1왕자 아라혼에게는 르마델 왕가를 적대할 만한 이유가 있었다.

오랜 세월 데오란츠 국왕에게 정신적인 학대를 받아 온 것이다.

더욱이 그는 그런 아버지가 친어머니를 죽였다는 사실을 자기방어적으로 부정하며 살아왔다.

한데 대역 왕비마저 파티장에서 목을 매단 채 자살해 버린 광경을 직접 보기까지 했으니……

'놈은 아니었지.'

그와는 반대로 베벤토 학장에겐 아무런 이유가 없었다.

최후의 때가 다가오기 전의 그는 그저 조용히 아카데미에서 지냈다.

학장은 귀족과 왕실의 영향력에서 가장 자유로운 신분.

27

덕분에 그는 더러운 권력의 암투에 한 번도 얽힌 적이 없었다.

반드시 주시해야 할 인물.

어쩌면 그가 르마델에 드리운 모든 흑막의 주인공일 수도 있는 것이다.

그렇게 루인이 캠프를 나왔을 때.

와아아아아아!

또다시 거센 함성이 들려왔다.

광대들이 절묘한 묘기를 부리며 입장한 것이다.

화려한 마법 아티펙트들을 활용하는 광대들의 묘기는 무투대회의 흥을 돋우는 데는 최고였다.

"하, 학장님이에요!"

"저분이!"

아카데미를 상징하는 새하얀 백합 문양의 깃발 아래, 베벤토 학장이 베스키아 리움에 입장하고 있었다.

관중들의 뜨거운 환영에 손을 이리저리 흔들며 화답하는 그의 행동에 루인이 싸늘하게 웃었다.

'가증스러운 놈.'

저 푸근한 웃음 뒤에 감추고 있는 짓눌린 마음은 과연 무엇일까.

대체 무슨 악독한 마음으로 살기에 그렇게 많은 르마델의 백성들을 처참하게 죽일 수 있는 걸까.

귀빈석의 최상층, 국왕 데오란츠를 향해 정중하게 인사를 올리던 그는 수십여 명의 교수들과 함께 빈자리에 앉았다.

역시 루이즈가 봐 둔 자리였다.

광대들의 화려한 묘기가 삼십 분쯤 이어졌을 때 베스키아 리움에 격렬한 음악이 퍼져 나갔다.

르마델 왕국을 개국한 영웅들의 서사시가 담겨 있는 르마델의 국가, '칼과 영웅들의 정의(正義)'였다.

격렬한 리듬이 이어질 때마다 베스키아 리움의 모든 관중들이 함께 발을 구른다.

두두둥! 두두두!

관중들의 발을 구르는 소리가 마치 해일처럼 베스키아 리움을 통째로 집어삼키고 있었다.

격렬하게 들끓는 군중 심리, 가슴으로부터 번져 오는 열광의 감정에 시론은 전율을 느끼고 있었다.

이것이 천 년 르마델, 드래곤들이 수호하는 왕국!

반면 그런 생도들과는 달리 루인은 무심히 베벤토 학장 쪽만을 응시할 뿐이었다.

르마델의 국가가 끝나자 사회자가 나타났다.

그녀는 목소리 생도들도 본 적이 있는 마도학 개론의 헬렌 교수였다.

곧 그녀가 음성 증폭 술식이 새겨져 있는 새카만 박스 안으로 입을 가져다 댔을 때.

29

-아아. 잘 들리시나요?

네에에에!
관중석의 어린아이들과 생도들의 광기 서린 대답이 화음
으로 터져 나왔다.
헬렌 교수가 흡족하게 웃었다.

-이번 무투대회의 진행을 맡게 된 헬렌 교수입니다. 잘 부
탁드립니다.

와아아아아아!
헬렌 교수가 웃으며 손을 들자 단번에 함성 소리가 잦아들
었다.

-개최에 앞서, 이번 무투대회를 허락하시고 후원해 주신 데
오란츠 국왕님께 먼저 깊은 경의와 존경을 드리는 바입니다.

그녀가 마법사의 마도, 고아한 수인으로 귀빈석의 최상층
을 향해 멋들어지게 인사하자.
데오란츠 국왕이 손을 흔들어 화답했다.
몇 차례 함성이 더 터져 나왔지만 그때마다 헬렌 교수가 관
중들을 제지시키며 깔끔하게 사회를 진행했다. 교수답게 노

련한 진행이었다.

-팀 소개는 최대한 간략하게 하겠습니다. 이런저런 부연 설명을 하는 것보다 조금이라도 빨리 경기를 이어 가는 것을 훨씬 좋아하시겠죠?

그때 갑자기 헬렌 교수가 루인 일행 쪽을 바라봤다.

-여러분들도 아시다시피 이번 무투대회는 굉장히 특별합니다. 우리 마법학부의 무등위 생도 하나가 기원제에서 역량을 드러낸 후로 오랫동안 무투대회를 준비해 온 여러 파티가 참가를 포기해 버렸죠.

루인으로선 처음 듣는 말이었다.

하긴 좌절감을 느낄 만도 했다. 초인 기사를 꺾어 버린 자신의 역량은 생도들이 감당하기엔 충분히 버거울 테니까.

아마도 대부분의 파티들이 우승은 물 건너갔다고 생각했을 터였다.

-하지만 실망하기엔 아직 이릅니다. 그 무시무시한 무등위 생도를 상대하기 위해 특별한 생도가 이번에 새로 보결로 입학했으니까요.

첫 번째 출전자 캠프에 매달려 있던 붉은 커튼이 촤라락 아래로 쏟아진다.

동시에 화려한 마법 조명이 강렬한 빛을 발산했다.

-첫 번째 출전자를 지금 바로 소개해 드리죠. 크라울시스 생도와 그의 파티원들입니다.

하이렌시아가의 대공자 크라울시스가 천천히 걸어 나온다.

그의 뒤로 이명 랭킹 1위의 브홀렌, 생동하는 화염 유리우스, 그림자 혹한 타가엘이 차례로 등장했다.

"저, 저게 다 뭐야?"

입을 쩌억 벌리며 황당해하는 시론.

"……아티펙트?"

온몸을 화려한 대마법 방어 아티펙트로 중무장한 크라울시스.

그의 파티원 전원이 엄청난 아티펙트로 중무장하고 있었다.

헬렌 교수가 과장스럽게 놀라는 표정을 했다.

-우아…… 학자로서 이건 도저히 묻지 않을 수가 없네요. 제가 잘못 본 게 아니라면 크라울시스 생도가 착용하고 있는

갑주는 역시 '천령의 안식'이 맞나요?

씨익.

대답 없이 웃고만 있는 크라울시스.

인정하는 듯한 태도였기에 헬렌 교수의 입이 더욱 벌어졌다.

-정말로 칠백 년 전의 전설적인 마도학자 나스란 님께서 남기신 희대의 걸작이 맞다면 이건 진짜 놀라운 일이네요! 백여 년 전에 자취를 감춘 아티펙트인데! 마음 같아선 당장 연구실로 가져가서 뜯어보고 싶을 지경이랍니다! 호호!

천령의 안식.

몇 번의 전쟁을 통해 엄청난 효과가 입증된 전설적인 대마법 방어 갑주.

7위계 이하의 모든 술식을 막아 낼 수 있는 이 천령의 안식은 상대하는 마법사에겐 마치 사형 선고처럼 느껴지게 만드는 아티펙트였다.

더욱이 안티 샤프니스 마법 또한 보조하고 있어 날카로운 창칼을 방어하는 데도 엄청난 효과를 보장했다.

또한 7위계를 능가하는 상위의 술식 역시 완벽하게 막아 내진 못하지만 위력을 현저하게 감소시킬 수 있었다.

현자급을 상회하는 마도사만 만나지 않는다면 기사가 착용하는 즉시 모든 마법사들의 천적이 되는 것이다.

-잠시 이미지해 봤는데 정말 끔찍하네요. 안 그래도 기사를 상대하기가 버거운데 천령의 안식이라…… 정말 전의가 상실될 정도겠어요.

말꼬리를 흐려 내며 이내 루인을 바라보는 헬렌 교수.

"어, 어쩌지?"

"이건 졌어……."

"정말 너무해……."

시론과 생도들의 낯빛이 하나같이 창백해져 있었다.

그도 그럴 것이 대공자 크라울시스의 천령의 안식뿐만이 아니라, 다른 이명 랭커들이 걸치고 있는 아티펙트들도 그에 못지않아 보였기 때문이다.

이건 자신들의 모든 마법이 봉쇄당했다고 보는 편이 맞았다.

한데 루인이 그런 이명 랭커들을 비웃고 있었다.

여유로운 그의 태도에 시론이 한껏 의문을 드러냈다.

"넌 이 와중에도 아무렇지 않은 거냐? 넌 어떻게든 선배들을 상대할 수 있다 해도 우리들은……."

"아, 너무 우스워서 말이지."

"뭐?"

씨익.

"그래도 명색이 나와 같은 반열의 대공자이거늘. 고작 생각해 낸 것이 아티펙트 떡칠이라니."

그때 뭔가가 생각난 듯 시론이 묘한 표정을 했다.

"너…… 설마 혹시……."

"이러면 나도 거리낄 것이 없어지잖나?"

츠츠츠츠츠-

소환된 헬라게아.

시커먼 공간으로 팔을 쑥 집어넣은 루인이 생도들을 훑어보았다.

천천히 생도들의 체형을 가늠하는 듯했다.

쿵-

루인이 첫 번째로 헬라게아에서 꺼낸 것.

그것은 검붉은 빛을 띠고 있는 기괴한 형태의 갑주였다.

한데 일반적인 금속의 느낌이 아니었다.

표면이 거칠기 짝이 없는 것이, 마치 몬스터의 뼈나 외피를 통째로 가공해서 제작한 느낌.

"그, 그게 뭐죠?"

다프네의 질문에 아랑곳하지 않고 루인은 그저 무심히 시론에게 붉은 갑주를 건네고 있었다.

"네 거다."

"어? 어."

어색하게 붉은 갑주를 받아 든 시론이 두 눈을 동그랗게 떴다.

무게가 거의 느껴지지 않았기 때문.

놀랍게도 검붉은 갑주는 일반적인 섬유질의 의복보다도 가벼웠다.

"착용해라."

"이건 무슨 갑주지?"

"스피릿 오러 따위는 가볍게 막아 낼 수 있는 갑주."

"뭐?"

"오러뿐만이 아니다. 상쇄할 수 있는 물리력의 한계값이 무한에 가깝다. 모든 유체 정지 압력(Hydrostatic Pressure) 또한 상쇄시킬 수 있다. 즉 초고밀도의 유체 내에서도 제 형태를 유지할 수 있다는 의미지."

"그, 그게 무슨 뜻이야?"

피식.

"수천 미터 깊이의 물이나 용암 내부에서도 갑옷이 찌그러지지 않는다는 소리다."

이 갑주는 쟈이로벨의 휘하 마왕 발푸르카스가 생전에 즐겨 입던 '베리알의 뼈갑옷'.

마계 역사의 초창기, 혈우 지대는 진마룡 베리알의 영역이었다.

마신 쟈이로벨과 그의 휘하들이 진마룡 베리알을 처치하고 그의 뼈를 전리품으로 취했던 것이다.

　마계 최강의 생명체인 진마룡 베리알의 뼈를 쟈이로벨의 마력으로 빚어 만들어 낸 최강의 갑주.

　그런 베리알의 뼈갑옷은 마계에서도 최상위권의 보물이자 아티펙트.

　쟈이로벨은 이 강력한 갑옷을 가장 아끼는 휘하인 마왕 발푸르카스에게 하사했었다.

　그가 므드라와의 대전에서 전사하자 다시 쟈이로벨에게 되돌아온 것이었다.

　시론이 고개를 갸웃했다.

　"금속으로 만든 것 같진 않은데……."

　인간계 최강의 생명체인 드래곤의 뼈는 어떤 금속보다도 단단하다고 알려져 있었다.

　한데 진마룡의 뼈는 그런 드래곤 본(Dragon Bone)보다도 몇 배나 더 강력했다.

　마계와 인간계를 모두 통틀어도 진마룡의 뼈보다 더 강력한 강도의 물질은 존재하지 않을 것이다.

　"뼈로 만든 갑주다. 현존하는 어떤 금속보다도 단단하지."

　"……전혀 그렇게 느껴지지 않는데?"

　대부분의 물질은 무게와 강도가 정비례하는 법.

　시론은 이 가볍기 짝이 없는 갑주가 소드 스피릿 오러조차 막아 낼 수 있다는 사실이 쉽게 믿어지지 않았다.

"그 갑주엔 초고위 경량화 술식이 녹아 있다. 만약 경량화 술식이 없었다면 넌 그걸 들고 서 있지도 못할 거다."

"아!"

퉁—

루인이 두 번째로 꺼낸 것은 가느다란 뿔이었다.

루인이 그런 새하얀 빛깔의 뿔을 리리아에게 건넸다.

"이건 네 거다."

"……."

무표정한 얼굴로 뿔을 받아 드는 리리아.

의외로 리리아는 루인을 향해 아무것도 묻지 않았다.

"뎀아올카의 뿔이다."

"설명은 필요 없다. 쓰는 법만."

리리아는 가타부타 설명을 요구하지 않았다.

그건 루인을 향한 믿음.

루인이 고개를 끄덕이며 웃었다.

"그냥 가볍게 쥐면 된다. 효과는 자연스럽게 알 수 있을 거야."

뎀아올카의 뿔 역시 마왕 샤피룬의 애장품.

베리알의 뼈갑옷에 비해 결코 모자라지 않은 마계의 절대적인 아티펙트였다.

"이건 루타므의 영체 투구."

다프네에게 건넨 것은 자신의 거대 군집 무리를 자유자재로 통제하던 영적 생명체 '루타므'의 뇌로 만든 투구였다.

호기심이 많은 다프네는 루타므의 영체 투구를 받아 들자마자 곧바로 자신의 머리에 썼다.

"……어!"

순간적으로 물밀듯이 밀려오는 엄청난 정보량.

인간에겐 허락되지 않은 감각, 영적인 눈으로 세계를 바라보는 제3의 감각이 다프네의 머릿속에 순간적으로 펼쳐진다.

그녀가 자신의 주위로 일렁이는 아지랑이와 같은 신비로운 물결을 손으로 쓸었다.

"루인 님? 설마 이건……?"

"그래. 마나 그 자체다."

믿을 수 없었다.

언령과 수인, 염동력 한 번 일으키지 않고 즉각적으로 마나를 읽을 수 있는 아티펙트라니!

이런 게 가능하다면 술식을 형성하는 과정의 자유도가 엄청나게 상승하게 될 것이다.

복잡한 회로를 만들어 마나에 특정한 힘을 부여하는 과정, 즉 술식의 초단부(初段部)를 생략할 수 있는 것이다.

그 말인즉.

"설마 이 투구는……."

"그래. 마력의 소모를 비약적으로 줄여 주는 것은 물론 시전자의 연산력 자체를 강화시킨다. 이미지 속에서만 가능했던 이론상의 술식도 구현이 가능할 정도지."

"아!"

"특히 메모라이징이 특기인 너에게는 안성맞춤일 거다."

그렇지 않아도 엄청난 다프네의 연산력이 여기서 더 강화가 된다니?

세베론이 두 눈을 동그랗게 떴다.

"그럼 도대체 메모라이징 마법을 몇 개나 동시에 소환할 수 있게 되는 거야?"

잠시 생각하던 루인이 퉁명하게 대답했다.

"다프네의 최근 수련 성과를 보면 최소 20개. 어쩌면 더. 하지만 마력의 문제가 있으니 그렇게 극단적으로 활용할 필요는 없지."

"헐……."

"실질적인 효과는 역시 시전 속도의 엄청난 단축이다. 캐스팅 과정을 절반 이하로 줄일 수 있지."

세베론의 두 눈이 기대감으로 부풀어 올랐다.

"내 건! 내 건 없냐고!"

"있다."

턱-

루인이 세베론에게 내민 아티펙트는 볼품없어 보이는 검

은 돌이었다.

다른 생도에게는 엄청난 아티펙트를 줬으면서 자신에게는 길가에 흔하게 돌아다니는 평범한 돌이라니!

세베론의 눈썹이 꿈틀거렸다.

"와 씨! 난 예비 멤버라 이거지? 아티펙트까지 차별인 거야?"

"바보 같은."

저 평범해 보이는 돌이 얼마나 엄청난 아티펙트인지 세베론은 꿈에도 모르고 있었다.

"꽉 쥐어 봐."

우우우웅-

세베론이 검은 돌을 쥐자 돌에서 칙칙한 마력이 흘러나와 그의 전신을 감쌌다.

스르르르르-

짙은 연기를 마치 갑주처럼 두르고 있는 세베론의 모습에 시론이 호기심을 드러냈다.

"저건 또 뭐지?"

"고야드(Жгаϛ ҡ)의 뇌전 갑옷이다."

"고야드? 뇌전 갑옷?"

"이건 설명할 필요도 없지."

갑자기 뇌전 갑옷을 향해 주먹을 내지르는 루인.

츠츠츠츠츠-

41

이내 검은 연기가 루인의 주먹에 흡착되듯 달라붙더니.

곧장 강렬한 뇌전이 일렁이며 루인의 주먹을 거세게 밀어 냈다.

루인이 인상을 찡그리며 전류의 잔재를 털었다.

"뇌전의 힘으로 물리력을 상쇄한다. 효과는 베리알의 뼈갑 옷과 비슷하거나 그 이상이다."

"내 거보다 더 좋다고?"

"그래."

바람과 뇌전의 마왕 고야드는 서풍 지대의 군주 므드라의 휘하.

쟈이로벨이 그런 고야드를 직접 처치하고 빼앗은 수준 높은 전리품이었다.

고야드는 므드라의 휘하 마왕 중에서도 최상위권의 마왕 이었다.

"너무들 좋아하지 마라. 무투대회가 끝나면 모두 회수할 거니까."

생도들의 눈빛에 짙은 아쉬움이 스쳤다.

대충 설명만 들어 봐도 결코 크라울시스의 '천령의 안식'에 비해 부족하지 않았기 때문.

하지만 루인의 입장에선 어쩔 수 없는 일이었다.

사실 마계의 마왕급 마족이 사용하던 아티펙트를 이렇게 드러낸 것만으로도 '존재'들의 이목을 끄는 일.

이런 엄청난 아티펙트들이 계속 인간계를 활보한다면 '존재'들이 세계의 균형을 깨는 일이라 여기고 개입할 여지가 있었다.

멸망의 때라면 상관없겠지만 지금은 평화의 시대였다.

〈전…….〉

아쉬움이 가득한 루이즈의 눈빛에 루인이 그녀의 어깨를 툭툭 쳤다.

"너에겐 진노하는 침묵의 영언자가 있다. 마나 재밍(Mana Jamming)의 힘을 다루는 것만으로도 지금의 너에겐 과해."

아티펙트가 만능은 아니다.

자칫 역량을 돕기커녕 마법사를 망칠 수가 있었다.

진노하는 침묵의 영언자 역시 아카데미의 창립자인 마도사 슈레이터의 걸작.

그녀에겐 그 하나만으로 충분했다.

그때.

-와! 저게 다 뭐죠? 무등위 생도들도 아공간에서 아티펙트들을 꺼냈군요!

시론의 검붉은 갑주.

척척한 검은 연기에 휩싸인 세베론.

기묘한 형태의 뿔을 쥐고 있는 리리아.

거기에 루이즈의 영체 투구까지.

모든 관중들이 루인 일행을 멍하니 바라보고 있었다.

그러나 그들 중 루인 일행이 착용하고 있는 아티펙트의 정체를 유추해 낸 이는 아무도 없었다.

그것은 헬렌 교수도 마찬가지.

-대체 저 아티펙트들의 정체가 뭘까요? 저 역시 학자로서 정말 궁금하답니다!

이를 깨무는 크라울시스.

그 역시 루인 일행이 갑자기 소환한 아티펙트들의 정체를 알지는 못했다.

그러나 분명 심상치 않았다.

가장 거슬리는 건 저 자신만만한 대공자 루인의 표정이었다.

"바보 같은 놈."

자신을 쳐다보며 이를 갈고 있는 크라울시스.

루인이 희미하게 웃으며 그를 향해 손을 흔들었다.

"시작은 네가 먼저였다."

감히 마신 쟈이로벨이 평생을 일구어 온 재산을 고스란히 물려받은 대마도사에게 아티펙트로 도발질을 하다니.

재물, 혹은 아티펙트로 루인을 도발하는 건 가장 어리석은 행동이었다.

◆ ◆ ◆

모두가 예상했던 것처럼, 르마델 왕국의 양대 대공자인 루인과 크라울시스의 팀이 파죽지세처럼 예선을 통과하고 있었다.

특히 전원이 무등위 생도들로 구성된 목소리 생도들의 전투법은 황당하기 짝이 없었다.

당당히 전면에 나선 시론이 모든 기사 생도들의 검을 육탄으로 막아 냈다.

마왕 발푸르카스의 '베리알의 뼈갑옷'을 착용함으로써 기사 생도들의 강력한 검술 앞에서도 무적이 되어 버린 것이다.

게다가 곧바로 이어지는 루이즈의 초광역 침묵 마법에 의해 스펠을 외우던 마법 생도들은 모조리 벙어리가 되어 버렸다.

멀뚱히 서 있던 생도들이 맞이한 것은 역시 루인의 무차별 주먹세례.

극단적으로 단조로운 이런 전투 방식을 극복해 내는 팀이 단 한 팀도 없었다.

단순무식하지만 효율만큼은 무자비했던 것.

더욱이 고랭킹의 이명 생도 중에서는 크라울시스의 파티를 제외하곤 거의 참여를 포기한 상태였다.

참가에 의의를 두는 팀들이 대부분이었기 때문에 마땅히 루인과 크라울시스의 팀을 견제할 만한 팀이 없었던 것이다.

헬렌 교수가 예측했던 것처럼, 사실상 대공자들의 싸움이었다.

"……."

하지만 루인은 아무리 실력이 낮은 팀들의 전투라고 해도 빠짐없이 세밀하게 관찰하고 있었다.

-우리의 경고를 무시하고 무투대회에 참여를 하겠다는 뜻인가?

-좀 솔직해지지 그래? 은밀히 숨어 있는 걸 그렇게 좋아하는 놈들이 갑자기 무투대회에 참여할 만한 동기가 없잖아?

-…….

-이번 무투대회에 이변이란 게 있다면 나밖에 없는데 역시 놈들의 목적은 내가 아닐까? 그럼 내가 참여를 유지하는 게 놈들을 끌어내는 데 훨씬 효과적일 텐데?

-인간. 하지만 위험하다. 카알라고스 님이 예측한 '마지막 그림자'라는 인간들의 권능은…….

-그 위험을 내가 감당할 수 있다면?

-그건…….

-너라면 대충이나마 느낄 수 있을 텐데? 내 진실된 힘을?

-그럼 부탁한다 인간. 만약 네가 극도의 위험에 노출된다면 이 비셰울리스가 개입하겠다.

-그럴 일은 없다, 용.

지고룡이 사자 비셰울리스를 보내 경고를 해 온 마당.

너울거리는 그림자에 소속된 자들, 그중에서도 '마지막 그림자'급 이상의 요원이 참가한 게 확실하다면.

저들 중 누가 마지막 그림자라고 해도 이상할 것이 없었다.

어떠한 위기 속에서도 자신의 정체를 끝까지 철저하게 감추는 은밀함.

인간 진영의 영웅들은 군단장들의 그런 교활함에 치를 떨었었다.

'마지막 그림자'는 미래에 결성될 악제군(惡帝軍)의 군단장이 될 가장 강력한 후보들이었다.

역시 루인은 이미 상대를 군단장급으로 상정하고 관찰하고 있었다.

'역시 쉽게 꼬리를 잡히진 않는군.'

우당탕 넘어지고 머리를 긁적이는 기사 생도.

술식이 꼬여 부끄러운 표정으로 주위를 두리번거리는 마법 생도 등.

출전자들은 하나같이 경험 부족한 아카데미의 생도들 그 자체였다.

누구도 마지막 그림자라 생각할 수 없는 것이다.

"아! 또 경기장이 얼었어요!"

"이번에도 '바할라의 서리 혹한'인가!"

와아아아아!

또다시 관중들의 함성이 터져 나온다.

그림자 혹한 타가엘의 인기는 대단했다.

외모가 빼어난 것도 있었지만 그의 대단위 결빙계 마법 자체가 굉장히 멋들어진 연출을 자아냈던 것.

역시 상대팀들은 재빨리 경기장 아래로 피하기에 급급했다.

경기장 아래로 내려간다는 것은 기권의 의미.

때문에 매번 애꿎은 경기장 바닥만 계속 얼어 버리고 있는 것이다.

베스키아 리움의 관리자들은 죽을 맛이었다.

마탑의 마법사들이 화염 마법과 각종 복구 마법으로 보조해 주고 있다지만, 이런 과정이 계속 반복된다면 바닥의 내구성은 점점 약해질 수밖에 없었다.

생도들이 시합 외적인 요소에 의해 다치게 된다면 모두 그들의 책임.

'융통성이 없군.'

고등위 생도라면 뻔히 이런 사정을 알 텐데도 타가엘은 굳이 마력의 막대한 소모까지 감수해 가며 대단위 결빙계 마법만 고집하고 있었다.

한시라도 빨리 시합을 끝내려는 조급함이 그에게서 느껴졌다.

분명 그의 마도(魔道)는 효율을 추구하는 마법사답지가 않았다.

'설마 시선을 즐기는 건가?'

마법사가 고작 인기를 위해 마법의 효율을 포기한다는 건 말도 안 되는 일.

분명 뭔가 다른 의도가 있을 텐데 당장으로선 짐작되는 것이 없었다.

"이제 우리 차례예요!"

"가자!"

그렇게 예선전과 8강, 4강이 연이어 끝났을 때.

"드디어 만났군."

뜨거운 열기의 선수 대기실.

가볍게 승리를 따내고 돌아온 루인의 팀을 맞이한 건 크라울시스였다.

루인이 그의 눈빛에 얽힌 살기를 읽더니 피식 웃었다.

"죽이고 싶은 감정을 주체하지 못하는군. 하지만 여긴 아카데미다."

"상관없다."

사고로 위장하든 거리낌 없이 죽이든 반드시 루인을 죽여 없애겠다는 크라울시스의 각오가 느껴졌다.

"약속하지."

"뭘?"

"넌 이번에도 병신처럼 기절할 거다."

그 순간 크라울시스의 얼굴이 눈에 띄게 붉어졌다.

그로서는 기수 쟁탈전에서 루인에게 당했던 수모가 죽음보다 더한 고통이었다.

이내 크라울시스가 홱 하니 돌아서더니 자신의 캠프로 돌아갔다.

이명 랭킹 1위, 뇌전의 기사 브홀렌이 무심하게 루인을 바라보았다.

"여전히 무례하군."

루인의 눈빛이 이채로 물든다.

하이베른가의 대공자라는 걸 밝힌 상황에서 예전처럼 반말로 일관하는 생도는 브홀렌이 처음이었다.

"대공가도 아랑곳하지 않겠다는 건가."

여전히 무심한 표정의 브홀렌.

"어차피 지금에 와서 가까워질 수도 없는 노릇이지."

"포기가 빠르군."

루인으로선 브홀렌이 얼마나 대단한 실력을 지녔는지를

아직 관찰한 바가 없었다.

물론 이명 랭킹 1위에 빛나는 기사 생도답게 나이에 어울리지 않은 실력을 지니고 있을 것이다.

하지만 루인은 감정에 솔직하지 못하고 이리저리 계산만 하는 이를 싫어했다.

브홀렌은 갈등이나 위기를 자신의 힘으로 돌파하기보단 주변의 상황을 이용하거나 타인을 억압하여 풀려고만 했다.

루인이 바라본 브홀렌은 기사라기보단 정치꾼이나 전략가에 가까웠다.

그가 크라울시스의 위세와 권력에 기생하고 있는 것 또한 루인의 혐오를 더욱 부추기고 있었다.

"넌 절대로 기사(Knight)가 되지 못할 것이다."

"……."

기사 생도 입장에서는 충분히 치욕적일 텐데도 브홀렌은 루인의 말을 묵묵히 듣고만 있었다.

그로서는 우스운 말이었다.

이미 하이렌시아가의 방계 검수로서 기사의 지위가 보장된 삶을 살고 있는 자신에게는 할 말이 아닌 것이다.

피식.

"저주 마법인가?"

처음으로 웃는 브홀렌.

마법사를 깔아 보는 마음이 기저에 깔려 있는 그의 대답에 루인이 마주 웃었다.

"내가 그렇게 만들 거거든."

일찍이 멸망을 겪어 본 루인은 이런 부류의 인간을 누구보다 잘 알고 있었다.

멸망이 도래했을 때 놈은 반드시 악제군이 될 것이다.

그게 자신의 미래에 훨씬 도움이 될 테니까.

이런 놈은 일찍 싹을 잘라 내는 편이 인류의 미래를 위해서도 옳았다.

"황혼의 덩어리 몇 놈을 상대해 봤다고 마치 기사 생도들을 모두 아는 것처럼 객기를 부리는군."

포효하는 황혼의 기사 생도들은 인류의 멸망 앞에 누구보다 인류를 지키기 위해 살아갈 청년들.

그들에겐 검을 향한 순수한 열정이 있었다.

루인의 눈빛이 차갑게 가라앉았다.

더 이상 그는 브홀렌을 생도로 생각하지 않았다.

"내 객기는 아직 시작도 하지 않았다. 브홀렌."

루인의 눈빛과 분위기는 무시무시했지만 브홀렌은 한 치의 두려움도 없어 보였다.

루인은 초인 기사를 이긴 마법사였으나 역시 그에겐 믿는 구석이 있었다.

"어디 그 잘난 헤이로도스의 마법을 마음껏 발휘해 봐라."

그가 걸치고 있는 망토 안의 흉갑을 무심히 바라보는 루인.

"⋯⋯."

브홀렌의 금빛 흉갑.

불그스름한 마력핵(魔力核)을 중심으로 퍼져 나간 미세한 회로들의 흔적.

루인이 미묘하고 복잡하게 얽힌 그런 회로를 끈질기게 살피고 있었다.

한데 놀랍게도 그것은 대마도사의 경험으로도 이치를 파악할 수 없는 수준의 고위 룬마법이었다.

분명 초고위 백마법, 그것도 고대의 주문 같았다.

하지만 마신 쟈이로벨의 마법 체계, 그리고 아카데미에서 겪은 모든 지혜로도 해석이 되지 않았다.

어쩌면 크라울시스의 '천령의 안식'보다 더욱 대단한 아티펙트일 수도 있는 것이다.

브홀렌이 멀어지자 시론이 조심스럽게 다가왔다.

"그의 흉갑은 정체가 뭘까? 엄청나 보이는데."

역시 다른 생도들도 모두 궁금했던 모양.

지금까지 크라울시스의 팀원들은 한 번도 아티펙트의 능력을 드러낸 적이 없었다.

다프네가 고개를 흔들었다.

"모르겠어요. 저도 몇 번이고 그의 흉갑에 새겨져 있는 룬마법을 살피려고 해 봤는데⋯⋯."

"기이한 형식의 술식 회로다. 얼핏 보면 마력 융합(融合)

현상을 이끌어 내기 위한 술식 같아 보이는데—"

"그건 아니에요. 회로 수열이 너무 불규칙해요."

"그래. 그게 문제지. 반응 범위가 너무 넓어. 불안정한 수열이 생산하는 마력의 힘을 예측할 수가 없다."

"확실한 건 사람을 보호하기 위한 마도구는 아니란 거예요."

루인이 가볍게 놀랐다.

다프네가 저 미묘한 회로를 거기까지 읽어 낼 줄은 몰랐던 것이다.

"그럼 뭐라고 생각하지?"

"갑주라기보단 차라리 무기에 가까워요."

"무기?"

기본적으로 갑주의 형태를 하고 있는 마도구들은 방어적인 효과를 더욱 높이기 위해 제작된다.

쉴드나 배리어계 마법이 룬마법으로 새겨져 있거나 안티 샤프니스(Anti Sharpness), 안티 피지컬 포스(Anti Physical Force) 등 물리적인 힘을 상쇄하는 마법이 갑주를 보조하는 것이다.

원래 갑주란 그런 방어적인 용도.

한데 다프네는 그런 일반적인 상식과 전혀 궤가 다른 해석을 늘어놓은 것이었다.

"나 원 참. 검이나 지팡이도 아니고 갑옷으로 공격한다는 건 또 신선한 얘기네."

다프네를 쳐다보며 핀잔을 늘어놓는 시론.

하지만 루인의 표정은 진중하기 그지없었다.

"……."

루인의 기억 속엔 그런 갑옷이 있었다.

혈광의 거대 광전사(Berserk).

피보다 붉은 갑주를 몸에 두르고 미친 듯이 수백 명씩을 베어 넘기던 악제군의 악마적인 존재가 떠오른 것이다.

루인의 굳은 얼굴이 다시 다프네에게 향했다.

"마나가 아니라 피(血)라면."

"네?"

"투기나 마나를 재료로 소모하는 게 아니라 생명력이 담긴 피를 먹으며 성장하는 갑주가 있다."

"그건…… 설마 흑마법을 말하는 건가요?"

루인이 저 멀리 상대 캠프에 서 있는 브홀렌의 뒷모습을 응시했다.

"그럼 불안정한 회로가 모두 설명이 된다. 광기(狂氣)란 그런 거니까."

"아!"

저 황금빛 갑주가 위장이라면.

저 황금이 갑주의 겉에 칠한 도금(鍍金)이라면.

루인의 눈빛이 무한의 증오로 타오른다.

'혈광의 거대 광전사.'

거대화된 육체.

인간 진영을 처참하게 유린하던 광기의 살인마.

그렇다면 브홀렌이 바로 너울거리는 그림자의 '마지막 그림자'일 것이다.

Chapter. 45

혈광의 거대 광전사.

사실 루인의 기억 속에서 희미한 이름이었다.

광전사(Berserk)는 악제군과의 전쟁 초기에 활약했던 군단장.

검성이 사령관으로 출정해 치른 최초의 대전, '오비와드 늪지대 전쟁'.

당시 검성과 백 명의 결사대가 엄청난 희생을 각오하며 광전사를 처치했던 것.

역시 그 사건은 검성의 최고 업적 중 하나였다.

그때의 기회를 살리지 못하고 광전사가 계속 악제군의 군단장으로 활동했다면 상상만으로도 끔찍했다.

광전사는 실질적인 무력도 무력이지만 아군의 사기 저하라는 측면에서 인류 연합에게 치명적인 존재였다.

전장에 나설 때마다 특유의 압도적인 광기로 아군 수백, 수천 명을 분 단위로 베어 넘겨 버리니 대열이 유지될 리가 없는 것이다.

만약 그가 계속 살아서 날뛰었다면 '혈광의 거대 광전사' 따위의 급조된 이명이 아니라 훨씬 파괴적인 이명으로 불렸을 무시무시한 존재였다.

'……'

문제는 그런 광전사와 브홀렌이 전혀 매치가 안 된다는 점이었다.

깔끔하고 절도 있는 기사 생도 그 자체인 브홀렌.

그에게서 거대화된 육체, 흉포하게 날뛰며 미친 듯이 피를 갈구하는 무시무시한 광전사를 상상하기엔 조금은 무리가 있는 것이다.

하지만 그의 마도구, 황금 갑옷에 새겨진 마력회로가 너무 노골적인 증거였다.

만 년 이상을 대마도사로 살아온 자신조차 제대로 읽을 수 없는 흑마법 술식.

쟈이로벨과 비슷한 반열의 마신들의 주문과 술식이라면 대부분 파악하고 있었다.

거기에 백마법 고유의 체계는 더더욱 아니었다.

결국 남는 건 악제의 계약자로 추정되는 절대적인 존재.

대마도사 루인에게 미지로 남아 있는 유일한 마법 체계는 바로 절대악 발카시어리어스의 그것이었다.

악제와 그의 군단은 발카시어리어스의 권능을 활용해 인류를 파멸로 이끌었다.

그렇게 생각이 이어질수록 루인의 의심은 확신으로 바뀌었다.

루인의 시선이 생도들을 훑었다.

"결승전에서 너희들은 아무것도 하지 말고 뒤로 빠져 있어라."

인상을 찡그리는 시론.

"그건 또 무슨 소리야?"

브홀렌이 미래에 군단장이 될 악제군의 하수인이라는 것이 확실해진 이상, 이번 무투대회는 생도들의 싸움이 아니었다.

리리아 역시 굳은 얼굴로 루인을 노려보고 있었다.

"이명 랭커 선배들이 두렵지만 피할 생각은 없다. 그건 모두가 마찬가지일 거다."

대체 이걸 어떻게 설명해야 하지?

루인은 금방 인상을 찡그릴 수밖에 없었다.

사실대로 말하자니 회귀의 비밀을 친구들에게 고스란히

까발리는 꼴이었고, 무턱대고 빠지라고 하기에도 그들의 자존감에 상처가 되는 일.

결국은 강압적으로 나설 수밖에 없었다.

"리리아. 이번 결승전에서 너는 빠진다. 대신 세베론이 참가한다."

"뭐?"

황당해하던 리리아가 이내 사납게 루인을 노려봤다.

"왜 이제 와서 그딴 소리를 늘어놓는 거지?"

"조율은 거부한다. 처음부터 이 파티의 지휘 권한, 즉 작전권은 내게 귀속되어 있었다. 그것이 내가 무투대회에 참여하는 조건이었어."

"하지만!"

루인의 눈빛이 차갑게 가라앉았다.

"내가 너를 봉신가의 일원으로 대하길 바라나?"

하이베른가에게 절대 충성을 맹세한 어브렐가.

리리아는 결국 입술을 깨물며 뒤로 물러나는 듯했지만 역시 납득하지 못한 표정이었다.

"이번 결승전에 나보다 세베론이 전략적으로 합당한 이유와 근거는?"

"세베론은 너희들 중 체술에 가장 능하다. 또한 그의 아티펙트, 고야드의 뇌전 갑옷이 이번 전투에는 더 유리하다고 판단했다."

"대신 난……!"

"리리아."

하는 수 없이 브홀렌을 시선으로 가리키는 루인.

"브홀렌을 봐라."

리리아가 맹렬하게 루인의 시선을 좇는다.

"넌 윌켄이 변하는 걸 직접 보았지."

"……."

"저 브홀렌은 그때보다 더한 악마로 변할 수 있다."

하이베른가에서의 그 일.

루인의 모든 것들 중에서도 가장 의문스러웠던 미지(未知).

"뭐……?"

다프네와 시론도 동요했다.

"브홀렌 선배가 변하다니요?"

"그가 괴물이라도 된다는 거냐?"

끄덕끄덕.

"괴물보다 더하지. 오직 피를 갈구하는 광기의 전사. 그런 괴물을 상대할 때는 세베론의 체술과 고야드의 뇌전 갑옷이 훨씬 유리할 뿐이다."

루이즈의 절대 언령이 들려온다.

〈그럼 그가 지금보다 더욱 강해진다는 뜻인가요?〉

루인이 루이즈를 바라보며 심각하게 얼굴을 굳혔다.

"강해진다는 상투적인 표현으로 그칠 정도가 아니다. 만약 그가 변한다면 전혀 다른 존재가 된다."

〈다른 존재요?〉

"그래. 그때를 철저하게 대비해야 돼. 진형도 다시 짠다. 세베론. 시론. 너희들도 내가 명령하기 전까진 후방에서 다프네와 루이즈를 보호하는 임무에만 전념한다."

시론과 세베론의 표정도 좋지 않았다.

사실상 루인이 파티의 최전선을 단독으로 맡겠다는 말이나 다름없었으니까.

"지금 우리더러 네 들러리나 하라는 뜻이냐?"

시론의 얼굴엔 장난기가 사라져 있었다.

세베론도 고개를 가로저었다.

"아무리 초인을 이긴 너라도 저런 무시무시한 아티펙트로 중무장한 이명 랭커 다섯을 단독으로 상대하는 건 너무 위험해. 차라리 함께 전방을……."

"너희들. 한 번이라도 내가 전력을 다하는 모습을 본 적이 있나?"

"……."

침묵하는 생도들.

루인의 진정한 마도를 모두 보았다고 확신할 수 있는 생도
는 아무도 없었다.

때문에 어디까지가 그의 한계인지를 짐작하는 건 무리가
있었다.

"난 너희들이 생각하는 것보다 훨씬 강하다."

하지만 만약.

지금 이 시점에서 브홀렌이 광전사의 권능을 그대로 재현
해 낼 수 있다면.

흑암의 공포 본연의 경지를 모두 회복했다면 무리 없이 제
압할 수 있겠지만 지금은 자신조차 생존을 담보할 수 없었다.

상위 초인의 경지를 돌파하고 초월자가 된 검성, 그리고 전
원이 7성 이상의 기사로 구성된 그의 결사대가 큰 희생을 각
오하고 겨우 사살했을 정도니까.

지금으로선 아직 그가 군단장급의 역량을 지니고 있지 않
기를 바랄 뿐이었다.

〈 얼마나 강하다고 말할 수 있나요? 확실하게 언급을 해
주세요. 저희들이 루인 님의 동료라면 물을 권리가 있어요. 〉

루인은 끝내 피식 웃고 말았다.

자신이 생도들에게 했던 말을 루이즈는 잊지 않고 있었던
것이다.

더없이 강렬해진 루인의 눈빛.

"전에도 말했지만 일반적인 방식으로는 내 진실된 위계를 측량할 수 없다."

그건 모두 알고 있었다.

고작 5개의 고리로 현자급의 마도(魔道)를 구현해 내는 것이 루인의 괴이한 능력이었으니까.

시론이 머리를 흔들었다.

"아, 복잡하게 말해 봐야 난 모르겠고. 대충 우리 할아버지보다 더 강하는 거지?"

현자 에기오스라…….

루인이 씨익 웃었다.

"현자급, 혹은 그 이상의 마도사 다섯 정도는 동시에 상대할 수 있다."

"뭐?"

도대체가 하는 말들이 죄다 상식에 반하는 말들뿐이니 생도들은 그저 어안이 벙벙할 뿐이었다.

"하…….."

백마법의 역사를 모조리 뒤져 봐도 그런 비상식적인 마도를 구현해 내는 이는 단 두 명뿐이었다.

최초의 마법사 테아마라스.

그리고 술식의 창조자 헤이로도스.

지금 루인은 스스로 자신을…….

"난 대마도사다."

자신을 표현하는 단 한마디.

하지만 결코 허풍이나 거짓으로 들리진 않는다.

"아 이젠 나도 모르겠다."

시론이 세베론의 어깨를 툭툭 쳤다.

"난 다프네를 맡지. 넌 루이즈를 보호해라."

"……정말 루인의 명령을 따르겠다고?"

"제길! 본인이 대마도사님이라잖아!"

그렇게 루인 일행의 합의가 모두 끝났을 때.

무대에 설치된 음성 증폭기에서 헬렌 교수의 기대 어린 목소리가 울려 퍼졌다.

-아아! 드디어 이 생도들의 대결을 볼 수 있겠군요! 아카데미 역사상 가장 강력한 무등위 생도들! 목소리 그룹의 생도들은 서둘러 경기장으로 입장하시기 바랍니다!

쿵쿵-

모두의 가슴이 뛰었다.

드디어 이명 랭커 선배들과의 결전인 것이다.

루인과 시론, 다프네 등이 차례로 경기장에 오르자.

-와아아아아아아!

거대한 함성이 터져 나와 베스키아 리움을 가득 메웠다.

마법 생도이면서도 강력한 무투술을 구사하며 파죽지세로
예선을 통과한 루인의 팀은 예상대로 최고의 인기를 구가하
고 있었다.

특히 루인만큼이나 다프네의 인기도 대단했는데, 벌써 팬
클럽이라도 생겨난 듯 관중석의 이곳저곳에서 플래카드가
발광하고 있었다.

그녀의 엄청난 미모는 이미 에어라인 전체에 소문이 자자
했다.

-눈빛들이 무시무시하네요! 대단한 대결이 될 것 같습니다!

막 경기를 끝낸 크라울시스와 그의 팀원들이 일제히 루인
일행을 노려보고 있었다.

생동하는 화염 유리우스와 그림자 혹한 타가엘이 천천히
경기장의 중심으로 걸어왔다.

이내 루인 앞에 멈춰 서는 그들.

"지금이라도 늦지 않았다 후배. 기권해."

유리우스의 진심 어린 충고.

"넌 괜찮겠지. 네 마도라면 우리를 상대하기에 충분하니
까. 하지만 나머지 친구들이 과연 이번 대결을 감당할 수 있
을까? 다치거나 심하면 폐인이 될 수도 있어."

유리우스는 평소 루인에게 호감을 느끼고 있었다.

하이베른가의 대공자라는 점도 있었지만, 그가 통 크게 마정석을 마법학부에 기증한 것이 대단하게 느껴졌기 때문이다.

그건 단순히 돈이 많다고 할 수 있는 행동이 아니었다.

모든 마법 생도들에게 마정석을 연구할 기회를 거리낌 없이 제공한다는 건, 그가 마도(魔道) 그 자체를 사랑한다는 증거였다.

"글쎄. 당신의 친구는 그렇지 않은 것 같은데."

두 눈에 끈적한 열기로 가득한 타가엘.

그는 당장이라도 자신을 상대해 보고 싶다는 열망으로 불타오르고 있었다.

유리우스가 피식 웃었다.

"나 역시 너와 겨뤄 보고 싶어. 하지만 녀석이 내 얘기에 별다른 말이 없는 건 녀석도 마법학부를 아끼기 때문이야."

"개소리하지 마라. 유리우스."

냉랭한 타가엘의 목소리가 들려오자 루인이 그를 무심히 응시했다.

"이해가 잘 안 되는군. 너와 난 그다지 접점이 없는 것 같은데."

대공자 크라울시스나 브홀렌은 이해가 되지만 타가엘은 자신을 적대할 이유가 없었다.

지금까지 그와 얽힌 사건도 없었고, 오히려 마법학부의 선배들은 거의 모두가 자신에게 우호적이었다.

　루인의 등장으로, 마법학부가 하이베른가라는 강력한 대공 가문의 후원을 받는 상황이나 마찬가지였기 때문.

　실제로 루인이 마정석을 마법학부에 기증하면서 그런 호감은 더욱 커지기만 했다.

　"안녕하세요. 타가엘 오빠."

　살짝 무릎을 굽히며 다프네가 인사하자 타가엘의 얼굴이 금방 붉어졌다.

　"오, 오랜만이다."

　루인의 표정이 묘해진다.

　"아는 사이인가?"

　싱긋.

　"아, 제가 얘기를 안 했었나요? 타가엘 오빠는 한때 저와 함께 마탑에서 지낸 적이 있어요. 오빠도 저와 함께 스승님의 제자 후보였거든요."

　"제자 탈락생?"

　"오호!"

　시론과 세베론이 호기심을 드러낸다.

　옛 추억이 그리 달갑지만은 않은 듯 타가엘이 표정을 구겼다.

　"시끄럽다 다프네."

"아, 알겠어요!"

다프네를 바라보는 타가엘의 묘한 분위기.

지켜보던 루인이 얼굴을 일그러뜨렸다.

'이놈. 설마…….'

다프네가 자신에게 접근하기 위해 공개적으로 고백을 한 일은 지금까지도 거추장스러운 소문을 양산하고 있었다.

순간적으로 짜증이 치민 루인이 다짜고짜 대마도사의 마도를 강렬하게 드러냈다.

루인의 거대한 융합 마력이 순식간에 경기장을 집어삼킨다.

<u>츠츠츠츠츠!</u>

파아아아앙!

이어진 무심한 대공자의 음성.

"물러가서 시합 준비나 하도록."

왕립 무투대회의 결승전.

루인이 최전방에서 나서며 파티의 방패를 담당하자, 크라울시스와 이명 랭커들의 표정엔 일제히 황당함이 서렸다.

저 하이베른가의 대공자, 초인 기사를 물리친 루인이야말로 무등위 생도들에겐 유일한 희망이었다.

분명 그런 루인을 철저하게 보호하는 작전을 펼치리라 생각했는데 반대로 그를 가장 전면에 내세워 버린 것이다.

크라울시스가 비릿하게 웃었다.

"황당한 놈들이로군. 아껴야 할 비밀 무기를 대놓고 희생시키다니."

브홀렌이 검을 치켜든다.

"우리로선 마다할 이유가 없습니다."

"그래. 이렇게 되면 훨씬 손쉬워지지."

"잠깐만!"

후방에 서 있던 타가엘이 차가운 눈을 빛내며 브홀렌에게 다가온다.

"분명 무슨 꿍꿍이가 있을 거다."

"꿍꿍이?"

유리우스도 의견을 보탰다.

"너도 랭커전을 지켜봐서 알잖아. 저놈은 절대 아무런 대비 없이 일을 벌이는 성격이 아니야."

"으음……."

브홀렌이 고심에 잠기자 다시 타가엘이 냉랭하게 입을 열었다.

"저 녀석의 꿍꿍이가 드러나기 전까진 유리우스와 내가 탐색전을 펼치겠다. 놈이 다짜고짜 정신계 마법을 펼칠 수도 있으니 한 명만 우리를 엄호해 줘."

"그건 내가 맡지."

마법 랭커들의 수호 기사로 나선 건 이명 랭킹 3위의 일리온.

이번 작전이 성공하려면 유리우스와 타가엘은 절대로 정신계 마법에 당해서는 안 됐다.

예선전을 올라오며 드러난 목소리 생도들의 마도가 그만큼 무시할 수 없었던 것.

상대는 마법 생도 5명.

일대일 전투는 기사가 유리하다지만 다대다 전투는 마법사들 쪽이 훨씬 유리했다.

그런 놈들이 위력을 알 수 없는 아티펙트들까지 중무장하고 있는 상황.

아무리 랭커들이라도 마법을 보조할 수 있는 유리우스와 타가엘 없이는 섣불리 승리를 장담할 수 없었다.

"유리우스! 폭열(暴熱)의 결계를 펼쳐라!"

"알겠다!"

화르르르르르-

유리우스의 독특한 마력권(魔力圈) '폭열의 결계'.

모든 화염 마법을 무력화하는 디스펠 구역이 광범위하게 퍼져 나간다.

실로 어마어마한 범위!

이내 타가엘의 광활한 마력이 맥동한다.

츠츠츠츠츠츠-

투명한 서리가 허공에서 몽글거린다.

폭열의 결계 위로 그의 '혹한의 서리 지대'가 덧씌워진 것이다.

거의 경기장 절반을 뒤덮어 버린 그들의 마력권에 금방 크라울시스가 호기심을 드러냈다.

"이건 뭐지?"

지난 1개월 동안의 연습 과정과 긴 예선전을 통과하면서도 한 번도 드러나지 않았던 유리우스와 타가엘의 역량이었다.

거의 평생을 가문에서만 지낸 크라울시스는 마법에 대해 거의 문외한이나 다름없었다.

브홀렌이 설명을 대신했다.

"6위계 이상의 상위 마법사들부터는 자신만의 마력권을 구축할 수 있습니다. 그걸 디스펠 구역이라고 하는데……."

일리온이 끼어든다.

"지금부터 저놈들의 화염 마법과 결빙계 마법은 모조리 봉쇄되었다고 생각하시면 됩니다. 저놈들이 7위계가 아니라면요."

고개를 끄덕이는 크라울시스.

"그런 거라면 우리의 전투가 방해받진 않겠군."

원소 마법의 중심이라 할 수 있는 화염 마법과 결빙계 마법.

이로써 상대는 양팔이 봉인됐다.

반면 세 명의 기사 생도를 보유한 크라울시스의 파티는 어떤 장애도 없는 상황.

이런 것이 바로 마법사가 보조하는 파티의 위력이었다.

그런데 그때.

루인이 서 있던 곳의 주변에서 강렬한 마력이 얽힌다.

이내 쭈욱 찢어지며 벌어지는 공간의 틈.

ㅊㅊㅊㅊㅊ-

타가엘이 다급히 수인을 뻗으며 동요했다.

저 대공자 루인의 빌어먹을 아공간은 이 왕립 아카데미에서 가장 불가사의한 미스터리.

무슨 아공간 따위가 정체를 알 수 없는 마력으로 맥동하는 것도 기이했지만.

그것보다는 대공자 루인이 그 속에서 꺼내는 내용물들이 하나같이 범상치 않은 것이 더 문제였다.

역시 이번에도 마찬가지.

"……저게 뭐지?"

"검인가?"

"검이라고 보기엔 너무……."

굳이 설명하자면 그건 검(Sword)과 창(Spear)의 중간 형태라고 할 수 있었다.

검이라기 너무 길고 날이 무뎠다.

하지만 창이라고도 할 수 없는 것이 자루가 없는 형태, 즉 기다란 부분이 모두 금속으로 보였기 때문.

폴암(Pole arm)처럼 특별하게 날붙이가 추가된 형태도 아닌, 그저 단순하고 투박한 직선적인 형태의 냉병기.

분명한 것은 마법사와는 전혀 어울리지 않는 무기라는 것이었다.

"양대 원소 마법이 봉인되어 버렸으니 본인의 특기인 무투술로 승부를 보려는 건가?"

"잠깐."

일리온의 목울대가 울렁거린다.

"놈이 온다."

루인이 천천히 경기장의 중심으로 산보하듯 걸어 나오고 있었다.

우우우웅―

"Жᵕжжѓ Ӡψоуж……."

루인은 당황해하는 '카가르간의 진멸'을 달래고 있었다.

녀석에겐 오랜만에 맞이한 세상이 마계가 아닌 인간계라는 것이 당황스러울 것이다.

또한 자신의 동체를 통제하고 있는 존재가 '마신 쟈이로벨'이 아닌 인간이라는 사실도 이젠 인지하고 있을 터.

역시 카가르간의 진멸은 강력한 적개심과 거부감을 드러내기 시작했다.

거무튀튀하던 금속체가 시뻘겋게 달아오른다.

순식간에 용암처럼 뜨거운 열기가 치솟았지만 루인은 무

심한 표정으로 부유 마법을 이용해 녀석을 허공에 띄울 뿐이었다.

그리고.

"ȝљȼɕw!"

루인의 술식이 혈우 지대의 정복 군주, 마신 쟈이로벨의 권능으로 치환된다.

비록 융합 마력이라 이질적이겠지만 권능 자체의 결은 주인의 것으로 착각하기에 충분했다.

다시 카가르간의 진멸이 잠잠해지자.

루인이 전방을 쓸어 보았다.

예상대로 유리우스와 타가엘이 자신을 맞이했다.

마도는 마도가 상대하는 것이 탐색전에 유리하다고 판단했을 터.

"……."

자신의 발밑을 감싸고 있는 푸르스름한 한기와 뜨거운 열기.

확실히 생도 수준이 펼치는 마력권이라고 보기엔 그 위력이 놀라운 수준이었다.

그러나 저 브흘렌을 미래의 군단장 후보, '마지막 그림자'로 판단한 이상 이런 잔재주와 어울릴 생각은 없었다.

그가 마지막 그림자가 확실하다면 이 자리에서 신속하게 사살해야만 했다.

그렇다면 지금 이 자리에 서 있는 자신은 아카데미의 생도가 아니라 '흑암의 공포'.

쿵-

루인을 마주 바라보고 있는 이명 랭커들.

관중석의 군중들.

심사석의 교수들까지.

그들은 하나같이 뭔가가 쿵 하고 무너지는 감각을 느꼈다.

인간 내면의 가장 깊은 곳.

마주하는 것이 두려워, 본능적으로 외면해 온 인간 본연의 공포심이 일제히 자극된 것이다.

사회를 맡고 있던 헬렌 교수 역시 지극히 당황스러웠다.

'……대체 이건?'

특별히 잔인한 장면을 봤다든가 압도적인 위력을 접한 것도 아닌데 이런 무시무시한 공포심이라니!

가슴 깊은 곳으로부터 치밀어 오르는 불안감.

온몸의 감각을 자극해 오는 모든 정보들이 명백한 두려움과 공포, 처절한 위험을 경고하고 있었다.

스스스스스-

갑자기 어두워지는 주변.

관중들이 일제히 하늘을 향해 고개를 들었다.

분명 해는 떠 있었다.

하지만 천천히 자신들의 주변으로 증식하고 있는 어둠.

도무지 받아들일 수 없는 기상천외한 현상에 관중들이 일제히 루인을 쳐다봤다.

기다랗고 기괴한 형태의 '무엇'을 손에 든 채 그는 그저 서 있었다.

그러나 모두가 느낄 수 있었다.

그가 이 모든 어둠(Darkness)의 근원이라는 것을.

점점 그의 형체가 사라졌다.

아니 사라졌다기보단 그 자체로 그는 어둠이자 공포였다.

흑암(黑暗).

이 세상 모든 어둠의 지배자.

모든 공포스러운 것들의 군주.

마침내 대마도사 루인은 머나먼 시간을 돌아와 다시금 흑암의 공포로서의 위엄을 세상에 드러냈다.

선배들이 펼친 마력권의 영역을 벗어나 서둘러 마력 결계를 시전하던 시론이 멍하니 루인의 뒷모습을 응시하고 있었다.

"저게 뭐지⋯⋯?"

"⋯⋯."

다프네는 대답을 할 수 없었다.

마탑에서 배우고 경험해 온 어떤 지혜로도 지금의 현상을 해석하거나 설명할 수 없었기 때문이다.

헤이로도스의 술식?

이건 그런 '인간의 마법' 따위가 아니었다.

분명 차원이 다른, 지금까지의 인류가 경험하지 못한 명백한 미지(未知)였다.

"대마도사……."

그는 늘 자신을 대마도사라고 했다.

이제야 그녀는 그런 루인의 장담을 피부로 절감하고 있었다.

"……진짜였어."

원소가 아닌 자연 현상, 즉 현상계의 어둠을 통제하는 마법사라니!

이런 초자연적인 위력을 한낱 인간의 몸으로 어떻게 발휘할 수 있는지 다프네는 감히 상상조차 할 수 없었다.

"그런데 이 어둠이 무슨 작용을 하는 거지?"

"그건 저도……."

도무지 알 수 없었다.

이건 마법, 즉 술식이 아니었다.

마력은 분명한데, 그 마력을 구동한 체계를 읽을 수 없었다.

회로가 맺힌 흔적이 존재하지 않았고, 심지어 루인의 광활한 염동력도 느낄 수 없었다.

이건 어둠이라는 현상 자체가 화인처럼 대지에 내려앉은 듯했다. 마치 자연적인 현상처럼.

"……마법이 맞는 건지도 모르겠어요."

"여, 역시 그렇지?"

그런데 그때.

-저, 저리 가!

갑작스레 들려온 비명에 가까운 외침.

어둠으로 시야가 잠식되자, 다른 모든 감각들을 동원해 날렵하게 주변을 살피고 있던 일리온.

그가 겁에 질려 도망가고 있었다.

한데.

스스스스스-

일리온, 그리고 그가 보호하고 있던 유리우스와 타가엘의 움직임이 그림처럼 멎어 버렸다.

"크으으윽!"

"으흡!"

촉수처럼 그들을 감싸고 있는 어둠.

스멀스멀 기어오르는 그림자, 천천히 자신의 육체를 잠식해 나가는 공포에 타가엘이 거칠게 소리쳤다.

"으아아아아! 율라드의 빛!"

처절하게 깨문 입술, 가까스로 그린 수인에 의해 구현된 발광 마법.

하지만 세상을 물들인 공포, 칠흑 같은 어둠에 의해 타가엘의 발광 마법은 곧바로 사멸되었다.

"……!"

"……!"

그러나 모두 볼 수 있었다.

이 모든 어둠의 중심, 자신들을 무심히 바라보고 있는 거대한 한 쌍의 눈동자를.

타가엘은 도무지 믿을 수 없었다.

현상에 불과한 어둠이 물리적인 움직임을 봉쇄할 수 있다는 건 어떤 마법의 체계로도 설명할 수 없는 일.

평생을 마법사로 살아왔지만 이런 비현실적인 마도(魔道)가 존재할 수 있다고는 상상도 해 보지 못했다.

분명 인간의 마법이란 경험의 산물.

저 루인이라는 놈은 도대체 무슨 삶을 살아왔기에 이런 마도가 가능한 거지?

아직도 허공에 흐릿하게 얽혀 있는 발광 마법의 잔재.

타가엘이 재빠르게 동료들이 있던 자리를 훑었다.

"크라울시스 님! 브홀렌!"

하지만 이미 어둠이 그들을 완벽히 먹어 치웠다.

그들의 흔적을 어디에도 찾을 수 없는 것이다.

그때.

〈아직도 숨을 곳을 찾고 있나.〉

머릿속을 울려 오는 녀석의 목소리, 절대언령이었다.

〈좋아. 죽여 주지.〉

군단장을 상대하는 이상, 루인의 마도에 여흥 따윈 존재하
지 않았다.

쐐애애애애애액!

카가르간의 진멸이 쇄도한다.

어둠 속에 파묻힌 루인의 입은 웃고 있었다.

놈이 악제의 군단장, 그 옛날의 광전사라면 이것까지 참을
리는 없을 테니까.

콰아아아아앙!

세상을 짓이기는 파멸적인 굉음이 순식간에 경기장을 집
어삼킨다.

〈호오. 이제야 결심한 건가.〉

어둠이 물러난 자리.

그곳에 한 쌍의 눈이 핏빛으로 타오르고 있었다.

어둠(Darkness).

아무것도 보이지 않는다는 것.

인간이 지닌 공포심을 자극하는 가장 단순한 현상.

특히 전투 상황에서 시야가 제약되어 버린 상황은 여느 때보다 더한 불안감을 증폭시킨다.

천천히 주변을 먹어 치우던 어둠에 시야마저 잠식당했을 때, 크라울시스는 하마터면 검을 떨어뜨릴 뻔했다.

미칠 듯한 암흑, 그 순수한 어둠의 기운이 자신의 움직임마저 봉쇄해 버렸기 때문이다.

그것은 모든 상념이 붕괴되는 듯한 충격이었다.

어둠은 이렇게 물리적인 힘을 동반할 수 없는 그저 현상(現像).

한데도 강대한 투기를 운용하는 6성 기사의 움직임을 봉쇄할 정도로 어둠은 주변의 모든 것을 구속하고 있었다.

지금까지 읽어 온 모든 역사와 전설 속에서도 이런 터무니없는 마법은 존재하지 않았다.

그건 마치, 이 인간들의 세계에 존재할 수도, 존재해서도 안 되는 신적인 권능.

-크아아아아악!

어둠 속에서 울려 퍼지는 누군가의 비명 소리.

그 을씨년스러운 분위기에 결국 크라울시스는 한 줄기 눈물을 흘리고 말았다.

어떤 자존감의 저항도 없이 흘러내리는 순수한 공포.

-아직도 숨을 곳을 찾고 있나.

뇌리를 울려 오는 놈의 음성.

그렇게 압도적인 공포심에 의해 온 마음이 해체되고 있을 때, 별안간 크라울시스는 자신의 손에 들린 검의 정체가 떠올랐다.

악타시온의 검(Axtarsyonn's Sword).

렌시아가를 하이(High)의 반석 위로 올려놓은 가문 역사상 최고의 기사.

그의 위대한 정신이 이어지고 있는 이 검의 권능이 그제야 떠오른 것이다.

이에 크라울시스는 거의 울부짖는 심정으로 악타시온의 검에 자신의 의지를 불어넣었다.

'……'

한데.

공명(共鳴)하지 않는다.

-좋아. 죽여 주지.

더욱 필사적으로 의지를 불어넣었다.

그러나 언제나 강렬한 기운을 뿜어내며 호응하던 악타시온의 검이 역시 일체의 반응도 하지 않는다.

찌르르르르-

악타시온의 검은 스스로 울고 있었다.

아니 운다기보단 떨고 있었다.

느껴지는 건 명백한 두려움이었다.

'아, 악타시온이……!'

하이렌시아가의 위대한 성검(聖劍).

악타시온은 스스로 의지를 품고 있는 에고 소드(Ego Sword)이자, 초인급 기사가 펼치는 스피릿 오러와 맞먹는 위력의 웨폰 오러(Weapon Aura)를 발출할 수 있는 절대 명검이었다.

그 도도하고 고집 센 악타시온이, 상대와 검 한 번 섞어 보지도 않고 두려움에 떤다는 것을 크라울시스는 믿을 수가 없었다.

그만큼 악타시온이 상대의 격(格)을 높게 평가하고 있다는 뜻.

'악타시온이 이 정도라면……!'

다른 이명 랭커들의 마도구들도 모조리 능력이 봉인되었

을 확률이 높았다.

남부 귀족가들이 자랑하는 모든 유명한 에고(Ego) 마도구들이 이 빌어먹을 어둠에 모조리 겁을 집어삼킨 것이다.

'제, 제길!'

옴짝달싹할 수 없는 육체.

겁에 질려 침묵하는 성검.

더욱 진절머리가 나는 것은 패배의 불안보다도 이 순수한 어둠에 대한 공포가 더 크게 다가온다는 것.

그렇게 크라울시스가 처연한 심정으로 불안하게 웃고 있을 때.

콰아아아아아앙-!

갑작스럽게 들려온 귀청을 찢는 듯한 굉음.

크라울시스가 황급히 굉음이 들려온 쪽을 향해 눈알을 굴렸을 때.

스르르르르……

그는 그대로 굳어 버린다.

-호오, 이제야 결심한 건가.

이 어둠과 맞먹는 공포가 너울거리고 있다.

핏빛으로 불타고 있는 한 쌍의 눈.

뇌전의 기사, 브홀렌이었다.

◆ ◆ ◆

브홀렌의 주위가 점점 검붉게 타오르고 있었다.

루인이 전력을 다해 펼친 다크니스 필드(Darkness Field).

그런 다크니스 필드가 검붉게 타오르기 시작했다는 것은 감당할 수 있는 물리력이 임계점에 도달했다는 의미였다.

지지직!

지지지직!

마치 깨져 가는 유리처럼 균열하기 시작한 어둠.

루인이 더욱 이를 깨물며 대마도사의 마력을 불어넣는다.

그러나 다크니스 필드의 임계점을 넘나드는 거대한 힘을 끝내 막을 수는 없었다.

촤아아아아-

어둠이 걷히고 핏빛 세계가 너울거린다.

세상의 모든 부정한 것들이 뿜어져 나오는 듯한 거대한 악의(惡意).

그 치밀하고 촘촘한 증오, 모든 처절한 감정의 편린들이 브홀렌의 눈을 통해 뿜어져 나오고 있었다.

세계의 광기(狂氣).

모든 미친 자들의 지배자.

광전사(Berserk), 루인은 보자마자 그를 확신하고 있었다.

일체의 감정도 섞여 있지 않은 무감한 음성이 루인의 입을 비집고 흘러나왔다.

"광전사."

이번 생 최초로 조우한 악제군의 군단장.

브홀렌, 아니 혈광의 거대 광전사는 천천히 어둠 속을 걸어 나오고 있었다.

"그래. 역시 그 갑주군."

모든 황금 도금이 벗겨져 드러난 피처럼 붉은 갑주.

갑주의 중심, 차분하게 불그스름했던 마력핵은 어느덧 붉은 태양처럼 광기로 이글거리고 있었다.

저 혈광의 갑주야말로 광전사를 상징하는 원천적인 힘.

쫘아아아악.

그의 혈광갑(血光鉀)이 수축을 시작했다.

순간적으로 푸우우- 뿜어져 나오는 피보라.

그러나 광전사는 비명조차 지르지 않았다.

오히려 즐거운 듯, 자신의 주위로 물결치고 있는 피보라를 흘깃거리며 묘하게 웃고 있었다.

혈광갑이 광전사의 피보라를 흡수하며 인간의 생명력을 게걸스럽게 탐닉하고 있을 때.

그의 입에서 첫마디가 흘러나왔다.

〈 전에도 느꼈지만 마치 넌…… 날 알고 있는 것 같군. 〉

그 순간 루인은 깨달았다.

브홀렌에게서 악제의 청염(靑炎)을 느끼지 못했던 이유를.

브홀렌은 이미 청염에 의해 완벽하게 영혼이 잠식된 상태였던 것이다.

인간의 자아를 생명이라고 봤을 때, 그는 사실상의 죽은 인간.

어쩐지 모든 갈등에 관여하고 싶지 않아 하던 그의 태도가 열정적인 생도와는 어울리지 않는다고 생각했었다.

브홀렌은 이미 오래전부터 악제의 사념체로 살아가고 있었던 것이다.

〈 묻겠다. 하이베른가의 대공자. 〉

"아니, 묻지 마라."

쏴아아아아아―

거대한 혈우의 폭풍이 흑암과 어울린다.

마신의 강대한 영혼 제령술, 베다수마(Æoyлƒ)였다.

광전사의 핏빛 혈광, 그의 두 눈이 더욱 음침한 호선을 그렸다.

〈 이러니 내가 더욱 묻지 않을 수가 없지. 〉

광전사의 가장 기본적인 권능.

주변의 모든 영혼을 일시적으로 마비시키며 광기의 검무를 이어 가는 고유 능력, '영혼 마비'를 놈은 분명 미리 알고 있었다.

저 마계의 마법, 베다수마는 정확히 영혼 마비의 카운터였으니까.

"난 네놈에게 먹힌 인간을 생명체로 취급하지 않아."

광전사가 악제와 다른 인격처럼 느껴지더라도 그건 착각에 불과하다.

그저 브홀렌의 기억을 지닌 악제의 인형에 지나지 않는 것이다.

"인형과 입씨름을 하는 건 내 체질이 아니라서."

그러면서도 루인은 광활한 염동 마력을 드리워 에어라인의 타일 곳곳을 살피고 있었다.

하지만 역시 본체의 흔적은 느껴지지 않았다.

완벽하게 자신의 사념체가 된 제물이라면 놈은 수천 킬로 거리에서도 통제할 수 있었다.

〈이 광기의 실체를 눈앞에 두고도 날 찾고 있단 말인가? 넌 정말 볼수록 기이하군.〉

하지만 정작 더욱 기이함을 느끼는 건 루인이었다.

자신의 기억 속 악제는 이렇게 말이 많은 존재가 아니었다.

악제가 한 대상에게 이토록 많은 흥미를 보였던 기억은 자신에게 없었다.

자신이 경험한 악제는 그저 인간을 향한 무제한적인 증오심이 다였다.

〈너로 인해 브홀렌이라는 중요한 배역(配役) 하나를 잃었다.〉

루인의 입가에서 점차 살기가 배어 나온다.

물론 놈의 입장에선 하이렌시아가의 방계 검수로서 장차 르마델의 중추적인 기사가 될 인물을 잃은 꼴일 것이다.

하나 한 인간의 영혼을 사멸시켜 차지하고 더욱이 한낱 배역으로 취급하는 놈의 태도는 역시 악마 그 자체였다.

〈그러니 대답하라, 하이볘른가의 대공자. 나는 이 시간을 반드시 귀히 써야 한다.〉

이 와중에도 시간의 효율을 운운하는 악제의 태도에 루인의 눈빛이 기이함으로 물들었다.

과연 자신이 아는 악제가 맞나 싶을 정도.

하지만 루인은 방심하지 않았다.

마신의 제령술, 베다수마의 기운이 더욱 진한 빛을 머금었다.

"말해."

피와 살을 갈구하는 광전사와 무려 입씨름을 하게 될 줄이야.

< 인간을 어떻게 생각하는가? >

금방 일그러지는 루인의 얼굴.

놈의 질문은 자신의 정체에 대해 캐묻거나 앞으로의 의도를 가늠하는 것이 아니었다.

"지금 내게 네놈의 철학을 가르치려는 것이냐?"

< 전혀. 오히려 그 반대다. >

"반대?"

< 그렇다. 나는 네가 지닌 관념을 알고 싶다. >

마치 학자 같은 악제의 태도는 루인을 당황하게 만들기에 충분했다.

악제가 철학 토론이라니.

이내 곰곰이 생각에 잠기는 루인.

생각해 보니 꼭 나쁜 것은 아니었다.

인류 진영을 이끄는 자로서 내내 참을 수 없는 갈증을 느껴 온 루인.

악제에겐 이유가 없었다.

어떤 이유도 밝히지 않고 맹목적으로 인류의 멸절(滅絶)을 강요하던 재앙 그 자체였던 자.

어쩌면 지금이 그런 악제의 가치관을 알 수 있는 중요한 순간이었다.

루인이 너울거리는 광전사의 혈광을 차갑게 응시했다.

"인간은 생명(生命)이다. 거창하게 따로 가치를 둘 필요조차 없는 그 자체로서의 생명. 모든 생명은 살아갈 가치가 있다."

루인의 대답에 광전사는 한동안 말없이 침묵하고 있었다.

광전사의 혈광이 스스스 흩어졌다.

〈생각보다 낭만적인 자로군. 생명으로서의 살아갈 가치라. 하지만 그건 가치라기보단 창조자가 설계한 인위적인 섭리에 가깝다.〉

순간 루인은 소름이 돋았다.

어찌 보면 평범하고 단순한 말처럼 들리겠지만 생각하기에 따라 무척 위험한 논리였기 때문.

그러나 루인은 내색하지 않고 차분하게 대답을 이어 나갔다.

"생명이 창조자의 인위적인 섭리라…… 그렇게 생각할 수도 있겠군. 하지만 그래서? 그런 인위적인 섭리에 순응하는 인간의 삶이 하찮게 느껴진다면 방관하면 그만이지 않은가? 한데 왜 그렇게 필사적으로 인간들의 삶에 관여하는 거지? 무엇을 바라길래?"

광전사의 혈광이 격렬하게 너울거린다.

그의 두 눈이 광기로 비틀리고 있었다.

〈그랬었다.〉

만 년 이상을 살아온 대마도사였기에, 악제의 대답에서 묻어 나오는 장구한 세월을 본능적으로 느낄 수 있었다.

문득 루인은 어쩌면 악제가 영원을 살아가는 무한존재(無限存在)일지도 모른다고 생각했다.

〈하지만 인간이여. 그 창조자의 섭리는 왜 차등을 두는 거지? 이 세계를 살아가기엔 인간은 너무도 나약하다. 용족 드래곤, 신족 타이탄, 수인, 요정…… 창조자가 탄생시킨 종족

중에서 인간보다 나약한 종족은 존재하지 않는다. 창조자의
순수, 절대적인 섭리라고 치부하기에 이 세계의 섭리는 균형
적이지가 않다.〉

그것은 인류의 역사에 존재해 온 모든 철학가들의 의문이
었다.

루인은 이 단순하고도 오래된 인류의 난제를 악제의 입을
통해 듣게 될 줄은 꿈에도 몰랐다.

거대하고도 불길한 기분이 엄습한다.

대마도사의 초월적인 상념과 추론들이 순식간에 얽히고설
켰다.

세계의 균형을 추구하는 자.

그런 자의 생각이라면……

"그래서 인간들에게 이 불완전한 세계에서 살아갈 힘을 전
했나?"

〈그랬지.〉

순간.

루인의 모든 사고가 정지된다.

〈하지만 인간은 그 힘으로 또 다른 불균형을 초래했다. 저

주받은 창조자. 그놈을 내내 닮아 가기만 했다. 그것이 인간
이 쌓아 온 역사. 〉

도출된 예측.

"당신은 설마…….."

인간에게 마법을 전한 최초의 마법사.

인류를 무한히 사랑하여 신의 종족, 타이탄을 단신으로 정
벌했던 고대의 초월자.

"테아마라스……?"

테아마라스.

마법을 추앙하는 마법사들뿐만 아니라 인류의 역사를 통
틀어 가장 위대한 위인으로 칭송받는 영웅.

태초의 마법사라는 이명의 무게는 그만큼 드높고 무거웠
다.

그의 마법으로 인해 인류는 사실상의 문명을 열게 되었다.

물론 인간들은 마법으로 그치지 않았다.

마나에 영혼과 의지를 더해 투기(鬪氣)를 다루는 법을 깨
달은 인간들.

속속 출현하는 초인들을 통해 인류의 영역은 역사에 존재
해 온 모든 종족을 초월하며 넓어졌다.

오크와 요정은 숲을 잃었고 거인족들은 머나먼 북쪽의 영
구 동토로 추방되었다.

수만 년간 가장 강력한 영역을 구축하며 살아온 수인족 역시 요정과 더불어 인간들의 눈요깃거리로 전락했다.

심지어 신의 힘을 대리한다는 용족, 드래곤들은 인간들에 의해 사냥당하기에 이르렀다.

드래곤 슬레이어.

최초로 출현한 그런 인간의 이명은 모든 종족을 초월한 포식자로서의 첫 선언이었다.

마침내 탄생한 인류 마법 문명의 최종 장, 마장기(魔裝機).

초월적인 지성체, 드래곤마저 일격에 날려 버릴 수 있는 위대한 마도 병기를 탄생시킨 인류.

이제 그런 마장기를 보유한 인간들과 단일 종족, 아니 어떤 문명도 경쟁할 수가 없었다.

가장 나약했던 인류를 돕기 위한 테아마라스의 마음이 순수한 선의(善意)가 아니었다면.

태초신의 섭리마저 부정하는 철저한 균형론자로서의 철학이었다면.

지금의 세계는 그에게 가장 불완전한 곳, 오직 불균형이라는 파멸만이 가득한 지옥일 것이다.

그리고 그 모든 불균형의 업보(業報)가 자신이 인간에게 전한 마법의 힘이라 여길 것이다.

그렇게.

모든 걸 추론하게 된 루인이었지만 그는 아무 말이 없었다.

자신이 지나온 처절한 멸망의 역사가 고작 한 인간의 그릇된 철학으로 비롯된 일이라니.

루인은 분노조차 끓어오르지 않았다.

이내 그의 무감한 음성이 어둠을 비집고 흘러나왔다.

"수명은 어떻게 초월했나."

초월자의 마지막 페이지, '존재(存在)'에 근접했던 그 옛날의 자신조차 신의 설계, 섭리를 초월할 수는 없었다.

비약적으로 늘어난 초월자의 시간 역시 고작 수명을 늘린 것에 지나지 않는다.

필멸(必滅), 즉 죽음 자체를 초월한 것은 아닌 것이다.

인간에게 수명이란 종으로서의 숙명.

〈그대는 정말 특이하다.〉

루인이 특별한 것은 에어라인을 송두리째 집어삼킨 어둠도, 광전사의 진실된 힘을 마주하고도 담대하기만 한 저 두 눈도 아니었다.

그가 특별한 건 치밀한 자아, 진실에 다가가는 저 고유의 시야.

고작 몇 마디 나눈 것만으로도 자신조차 잊고 있던 머나먼 옛 이름을 곧바로 유추한다.

동시에, 영원을 살아가는 자신의 권능까지 정확히 꿰뚫어

보고 있는 것이다.

저열한 인간에게 왜 이렇게 말을 많이 늘어놓는지를 알 수 없었는데 이제야 그 이유를 깨달았다.

악제, 아니 광전사는 자신의 마음에 탐욕이 들어섰다는 것을 인정해야만 했다.

저 치열하고도 순수한 자아는, 동시에 인간의 정신 체계를 초월한 무언가를 품고 있었다.

무한을 살면서도 자신 이외의 그런 인간은 처음.

얻고 싶은 자, 탐욕으로 온 마음이 들끓었으나 청염(靑炎)으로 그의 영혼을 오염시키기는 싫었다.

일단 가장 이해할 수 없는 것부터 물었다.

〈그대는 마치 내 모든 것을 알고 있는 것 같군. 이건 예언자의 눈 따위로 설명할 수 있는 일이 아니다.〉

마치 이 순간만을 기다려 온 듯한 눈빛.

자신을 대비하고 있는 것만 같은 존재.

인간들 중에서 미래를 보는 특별한 예지자는 있을 수 있어도, 이토록 완벽하게 자신을 관조할 수는 없다.

더욱이.

〈왜 날 증오하는 거지?〉

한눈에 느낄 수 있는 무한한 증오.

찌릿찌릿한 저주와 살기를 뿜어내고 있는 그의 두 눈, 그 비틀린 광기는 인간의 그것이라 믿기엔 너무나 처절하고 지독한 것이었다.

"……."

루인은 더 이상 대답하지 않았다.

악제의 정체를 알게 된 건 큰 수확이지만 달라지는 것은 아무것도 없었다.

츠츠츠츠츠-

카가르간의 진멸이 권능을 드러낸다.

마신의 힘, 쟈이로벨의 혈주투계는 이 카가르간의 진멸로 완성된다.

짧은 순간이나마 루인을 마신의 진마강체(眞魔强體)에 버금가는 육체로 탈바꿈시킬 것이다.

그런 마신의 육체라면 광전사와도 충분히 해볼 만했다.

순간 악제는 소스라치게 놀랐다.

루인이 창의 권능을 드러낸 순간 거대한 의지들이 이곳을 주시하고 있다는 것을 깨달았기 때문.

〈놈들의 시선을 모을 정도라…….〉

인류가 탄생시킨 몇 안 되는 갓 핸드급 아티펙트, 그리고 몇몇 신(神)의 유물들.

지금 루인이 손에 들고 있는 저 무기가 그런 초월적인 유물들과 필적하는 마도구라는 뜻이었다.

〈두렵지도 않은가? 너희의 신들을 분노하게 만드는 일일 텐데.〉

"전혀."

루인은 이미 학습했다.

어차피 '존재'들은 세상이 멸망에 이른다 해도 관여하지 않는 자들.

투우우웅-

어둠이 진멸한다.

이내 광전사를 집어삼키는 광기의 혈우.

이미 금속화된 루인의 육체에서 기괴한 파열음이 터져 나왔다.

터어어어엉-

광전사의 육체를 휘감고 있던 핏빛 기운이 더욱 붉게 타오른다.

루인이 주먹을 쥐고 있었으나 힘을 모두 상쇄하진 못했다.

광전사의 등 뒤로 막대한 충격의 여파가 퍼져 나간 것이다.

콰콰콰콰콰콰—

결박당한 채 어둠 속에서 웅크리고 있던 크라울시스의 두 눈이 찢어질 듯 부릅떠졌다.

일격에 그 광활했던 경기장의 반이 날아갔다.

이런 건 인간의 힘이 아니었다.

〈음…….〉

자신의 손을 이리저리 살피고 있는 광전사.

곧 그의 타오르는 붉은 눈이 묘한 빛을 머금었다.

〈마족……?〉

이건 인간의 투기나 마력, 어느 것에도 해당되지 않는 힘.

강렬한 힘의 파동, 이 전율적인 느낌은 틀림없는 마계, 그 것도 초고위 존재의 권능에 가까웠다.

분명 예전에 놈의 영혼 결계진과 정신 구속진 따위를 겪었다.

하지만 그건 마족과 계약한 인간이라면 충분히 드러낼 수 있는 힘.

하지만 이런 순수한 힘의 파동은 마족이 뿜어내는 힘, 그 자체였다.

광전사의 눈에서 참을 수 없는 의문이 뿜어져 나온다.

⟨인간이 어떻게 순수한 마족의 힘을?⟩

이건 불가능하다.

인간이 마족의 힘을 잠시 빌려 쓸 수는 있어도 마족 그 자체가 될 수는 없으니까.

하지만 이미 루인의 육탄 공격, 무지막지한 마신의 혈주투계가 쉴 새 없이 날아들고 있었다.

터어엉! 까깡!

소름 돋는 불꽃, 맹렬한 굉음이 연이어 터져 나온다.

광전사와의 싸움은 길어질수록 손해였다.

더욱이 인간계에서 카가르간의 진멸의 위력은 절반 이하로 줄어든다.

진마강체에 가깝게 변모한 육체의 유지 시간은 고작 몇 분 남짓.

루인은 시간을 줄 생각이 없었다.

쏴아아아아!

광전사가 육탄 공격을 막기에 정신없을 때, 루인의 마력 칼날 수천 개가 허공에 소환되었다.

루인이 모든 융합 마력을 쏟아부었기에 마력 칼날 하나하나가 모두 소드 스피릿 오러에 버금가는 강성을 지니고 있었다.

마침내 광전사의 진면목이 드러났다.

〈감히!〉

쿠구구구구구-

경기장의 모든 군중들이 경악했다.

그 전엔 루인의 다크니스 필드로 인해 경기를 살필 수 없었다.

그러나 갑자기 어둠 구름을 뚫고 솟아오른 광전사의 거대한 동체.

광전사의 거대화(巨大化).

마치 전설 속의 타이탄과 같은 그 거대한 위용에 군중들은 하나같이 입을 다물지 못하고 있었다.

까가가가강!

수천 개의 마력 칼날이 광전사의 몸에 흠집조차 내지 못하고 힘없이 우수수 떨어진다.

재빨리 마력 칼날을 회수한 루인이 이를 악물며 융합 마력을 재배열했다.

츠츠츠츠츠-

술식에 의해 합쳐진 열 개의 마력 칼날.

그런 루인의 술식 변환에 광전사가 더욱 호기심을 드러냈다.

〈헤이로도스?〉

그 순간 광전사는 죽음을 갈구하는 핏빛 광기의 힘을 남김없이 마력으로 치환했다.

광전사의 거대한 손이 기괴한 호선을 그린다.

믿을 수 없이 아름다운 선형(線形)들.

그 고아한 동작, 일체의 군더더기 없는 광전사의 수인(手引)에 루인의 두 눈이 지극한 황당함으로 물들었다.

'뭐……?'

광기의 지배자, 처절한 죽음을 상징하는 광전사가 마법을 시전할 줄은 꿈에도 생각지 못했다.

저것은 태초의 마법사, 테아마라스의 초월적인 스펠(Spell).

그것은 파이어볼이었다.

화르르르르-

하지만 그것은 절대 단순한 파이어볼이 아니었다.

창백하리만치 푸른 빛, 하지만 살인적인 밝기.

마치 태양보다 더한 광구(光球)가 짓쳐 든다.

염동 통제, 화염 약화, 술식 파괴, 동운동 치환 등 자신이 발휘할 수 있는 모든 디스펠적인 역량으로 맞대응하려 했으나.

술식의 결은 물론 마력의 깊이와 성질까지도 가늠할 수 없었다.

역시 이건 그 무시무시했던 악제의 청염(靑炎)이었다.

이내 기다란 푸른 선이 그어진다.

루인의 시야에서 그것은 마치 점멸 마법.

물리력의 한계를 넘나드는 상상 밖의 속도, 루인이 자신의 가슴에서 불타고 있는 푸른 화염을 발견한 건 그야말로 찰나였다.

화르르르르르-

마신의 진마강체가 저항 한 번 해 보지 못하고 순식간에 녹아 없어졌다.

이내 인간이 견딜 수 있는 통각을 아득히 상회하는 작열감이 루인의 온몸을 휘감았다.

"크아아아아아!"

루인을 감싸고 있던 카가르간의 진멸이 순식간에 떨어져 나와 평범한 쇳덩이가 되었다.

심각한 타격을 입고 회복을 위해 자가 수면에 빠져든 것이다.

루인이 모든 염동력을 동원해 언령(言靈)을 외운다.

츠츠츠츠츠-

촘촘하게 얽히는 전위 파장.

루인이 술식을 창조했지만 아직 이름을 짓지 않은 결빙계 마법.

절대 온도를 넘나드는 엄청난 한기가 타다 못해 소멸되어 버린 루인의 옆구리에 스며들었다.

대마도사의 초월적인 정신이 아니었다면 이미 몇 번은 혼절했을 치명상이었다.

거대해진 광전사가 어둠 속에서 웅크리고 있는 루인을 무심하게 내려다보았다.

〈오늘은 정말 가치 있는 날이로군. 나의 청염(靑炎)을 막아 내는 인간이 존재할 줄이야.〉

비틀거리는 루인.

혼미해져 가는 정신을 가까스로 부여잡는다.

하지만 이건 막아 낸 것이 아니었다.

놈의 청염에 담긴 열기의 잔열을 막아 내는 것만으로도 모든 염동력이 소진됐다.

청염(靑炎).

지금까지 악제가 군단장을 통해 본체의 권능을 구현한 적은 한 번도 없었다.

그건 군단장을 사멸시키는 일이나 마찬가지였으니까.

지금 틀림없이 놈은 광전사의 모든 힘을 자신의 마력으로 치환했을 터였다.

이제 광전사는 오늘 이 자리에서 사멸할 수밖에 없는 운명이었다.

화르르르르-

위력적인 악제의 청염 수십 개가 허공에 드러났을 때, 루인의 눈빛에서 처음으로 절망이 서렸다.

그가 존재들의 이목까지 무시하고 마신의 마도구를 동원해 혈주투계를 운용했던 건 바로 이 때문이었다.

신살자(神殺者).

섭리를 초월한 자.

이 무시무시한 청염조차 악제의 작은 단면에 불과했다.

광전사라면 모르겠으나, 군단장급 수하를 사멸시켜 가면서까지 본체의 능력을 발휘한다면 상황은 절망적이었다.

지금은 자신을 되살릴 수 있는 쟈이로벨마저도 없는 상황.

더 이상 선택의 여지는 없었다.

츠츠츠츠츠-

소환된 헬라게아.

찢어진 공간의 틈, 루인의 부유 마법으로 천천히 드러나는 거대하고도 무시무시한 동체.

그 순간, 핏빛으로 물든 광전사의 두 눈에 처음으로 당혹의 빛이 서렸다.

< ······! >

황당함으로 가득한 눈빛.

경기장을 지켜보고 있던 르마델의 왕족과 귀족들이 일제히 온몸을 벌벌 떨고 있었다.

〈마장기(魔裝機)?〉

무시무시한 세월의 흔적.

연식조차 알 수 없는 고대의 마장기가 루인의 전면에 커다란 산처럼 등장했다.

Chapter, 46

베스키아 리움의 최상단 관중석을 차지할 정도의 고위 귀족들이라면 르마델 왕국의 중추적인 인물들이라 할 수 있었다.

그럼에도 마장기를 직접 보는 것은 그들 대부분이 처음이었다.

마장기(魔裝機).

한 국가의 국력을 가늠하는 절대적인 척도이며, 보유 정도에 따라 국가 간의 전략 지형이 송두리째 바뀌는 마도 병기.

인류의 합치된 지성이 탄생시킨 신적인 마도 예술품.

그 고고한 드래곤들조차도 인류가 탄생시킨 마장기는 존중

할 정도였다.

힘이라는 척도를 절대적인 가치로 삼는다면, 단연 최고봉이라 할 수 있는 그 위대한 마도 병기가 지금 모두의 눈앞에 나타난 것이다.

"마, 마장기가……."

국왕 데오란츠가 손을 떨고 있었다.

왕국의 모든 역량, 그 빛나는 천 년 역사의 저력을 모두 동원하고도 르마델이 보유한 마장기는 고작 1기였다.

홀로 성을 부수며 수만의 군대조차 감당할 수 있는 그 절대적인 마도 병기를 어떻게 일개 개인이 보유하고 있을 수 있단 말인가?

더욱이.

"대체 저 거대함은……!"

현자 에기오스가 두 눈을 몇 번이고 껌뻑거린다.

하이베른가 대공자의 전면에 등장한 마장기.

그것은 가장 강력한 마장기를 보유한 국가, 알칸 제국의 그 것보다도 적어도 세 배는 더 거대해 보였다.

마장기의 크기와 위력은 비례하는 법.

동체가 크다면 그 동체를 구동하는 마력핵도 당연히 커지게 된다.

마력핵의 출력이 높을수록, 마력광선휘광포(魔力光線輝光砲)의 위력은 더욱 강력해지는 것이다.

"뭐, 뭣들 하는가! 당장 저 마장기를 제압하라! 드베이안! 우리 르마델의 마장기는 지금 어디 있는가?"

국왕 데오란츠의 발작에 가까운 외침.

마장기는 대부분의 국가에서 가장 소중히 여기는 전략 자산이었다.

적국, 아니 동맹 관계의 국가가 소유한 마장기라고 해도 등장하는 즉시 모든 역량을 동원해 귀속시키거나 파괴해야 했다.

하지만 전시도 아닌 평시, 그것도 아카데미의 무투대회에서 마장기가 등장할 줄을 누가 알았겠는가?

왕국의 수호자 드베이안 공이 묵묵히 부복했다.

"현재, 하이렌시아가의 요구로 남부 국경에 배치되어 있습니다. 더욱이 왕이시여. 이곳은 에어라인입니다."

"으음……."

잊고 있었다.

이곳이 에어라인의 블록 위라는 것을.

저 무시무시한 마장기의 포격 각도가 조금만 하방으로 기울어진다면?

생각만으로도 끔찍하다는 듯 국왕 데오란츠는 두 눈을 질끈 감았다.

더욱이 광범위한 공간의 기사들을 한순간에 허수아비로 만들 수 있는 마장기의 '절대 구속'이라도 구동되는 날엔 모든 것이 끝장이었다.

대규모 인마 살상용 포격 '초질량 역전 필드'나 '무한 전류 증가'도 무서운 건 매한가지.

마장기는 결코 단순한 대포 따위가 아니었다.

초거대 마력핵으로 구동되는 절대적인 마법들은 현자급 마도사 스무 명의 협력 술식에 버금가는 위력을 발휘했다.

뿌득.

"베른가가 마장기를 숨기고 있었단 말이더냐!"

숭고한 기사도의 가문, 그 철혈의 상징 하이베른가가 일개 가문의 힘으로 마장기까지 보유하고 있었을 줄이야!

그렇게 국왕 데오란츠가 이를 갈고 있을 때 현자 에기오스가 다가와 다급히 고개를 저었다.

"왕이시여. 사자왕 카젠은 이 에기오스가 누구보다 잘 압니다. 그는 왕국의 눈꺼풀 뒤에 숨어 모략을 꾸밀 자가 결코 아닙니다."

"저기 서 있는 청년은 그의 대공자다! 그가 소환한 아공간에서 마장기가 나오는 장면을 이 짐의 두 눈으로 똑똑히 보았거늘!"

현자 에기오스의 눈빛이 한층 깊어진다.

"왕이시여. 하면 저 변해 버린 생도, 타이탄처럼 거대해진 저 청년은 설명될 수 있는 존재란 말이옵니까?"

"그것은!"

"저 역시 당황스러우나 지금 이곳에서 벌어지고 있는 일들은 세상의 일반적인 상리를 벗어나고 있사옵니다. 일단 지켜보시오소서."

그때 수호자 드베이안이 국왕의 전면을 막아섰다.

"몸을 숙이시옵소서!"

이어진 세상을 사멸시킬 듯한 굉음.

콰아아아아아아앙-

경악한 시선들이 다시 경기장으로 몰렸다.

거대해진 광전사.

그가 반쯤 날아간 자신의 상체를 무심하게 응시했다.

〈 역시. 마장기의 포격을 피하기란 무리인가. 〉

시커먼 연기, 자욱한 포연 사이로 루인의 새하얀 치아가 고르게 빛났다.

루인은 확신하고 있었다.

'악제에겐 아직 그 저주받은 벌레가 없다.'

안티 매직 와이엄(Anti Magic Warm).

악제가 탄생시킨 그 끔찍한 인공 생명체를 떠올릴 때면

루인은 지금도 구토가 치밀었다.

기다란 촉수를 드리운 채 공중을 천천히 선회하며 다가오는 안티 매직 와이엄은 인류 연합에겐 공포 그 자체.

무한에 가까운 마력을 흡수할 수 있는 그 추악한 괴물은 흡착하는 동시에 마장기를 순식간에 고철 덩어리로 만들었다.

상체가 절반이 날아가고도 꺼내질 않는 것을 보니 악제는 아직 그 괴물을 키워 내지 못했다.

"ʌʌℵɪͼ······."

루인이 시동어를 외우자 다시 마장기의 포열이 시뻘겋게 달아오른다.

⟨ 역시 그것은 마계의 마장기인가. ⟩

피식 웃는 루인.

마장기는 인류가 탄생시킨 마도 병기.

마계에 마장기가 있을 리가 없다.

다만 인간의 마장기를 흥미롭게 여기고 그것을 연구한 샤이로벨만 존재할 뿐.

자신을 철저하게 망가뜨린 므드라.

그를 향한 복수의 일념으로 완성한 마신의 마도 병기.

가장 강력하다는 알칸 제국의 마장기와 비교해도 열 배는 더 강한 미친 괴물이 바로 이 마신의 마장기 '진네움 투드라' 였다.

물론 쟈이로벨은 이 무식한 괴물을 활용도 해 보지 못하고 자신과 함께 공허(空虛)로 빨려 들어갔었지만.

〈무서운 놈이구나.〉

대마도사로서의 루인의 권능이나 마장기의 포격이 무서운 건 아니었다.

악제를 서늘하게 만든 건 정보의 부재.

그에겐 인간의 마장기가 마계에 존재한 사실도 금시초문 이며, 그런 마장기를 인간이 소유하고 있는 사실은 더더욱 믿을 수 없는 일이었다.

더욱 서늘한 것은 저 웃음, 저 광기에 담긴 자신감.

그야말로 악제는, 루인이 보여 준 지금까지의 역량조차 그의 전부인지를 확신할 수가 없었다.

〈…….〉

상대가 마장기를 꺼낸 순간, 그를 포섭하겠다는 생각은 버렸다.

국가 권력의 정점, 마장기를 소유한 인간이었다.

이미 권력을 초월해 있는 자에게 저급한 욕망 따위가 남아
있을 리 없는 것.

놈에겐 가문의 번영, 귀족의 작위 따위는 아무런 의미도 되
지 못할 것이다.

자신의 청염(靑炎)이 아무리 치밀하고 끈질겨도 욕망이 들
어서지 않는 영혼을 유혹할 수는 없었다.

〈끝내 그대는 내 적이 되고 싶은 것인가.〉

악제의 그 한마디에 묻어 나오는 감정은 짙은 아쉬움이었
다.

자신처럼 인간을 초월할 가능성이 있는 존재.

그것만으로도 충분히 생(生)을 함께 걸고 싶은 자였다.

쿠쿠쿠쿠쿠─

마장기가 진동한다.

임계점까지 차오른 마장기의 광활한 마력이 포열에 새겨
져 있는 초고위 술식으로 녹아든다.

루인이 비릿하게 웃었다.

"곧 뒈질 놈이."

〈하이베른가의 대공자. 다시 보게 될 것이다.〉

"그래. 빨리 세상에 기어 나오고 싶다면 그 추악한 벌레나 열심히 만들라고."

광전사의 거대한 얼굴이 기묘하게 구겨졌다.

지금까지 악제가 보여 준 가장 당혹한 표정이었다.

〈정말 그대는—〉

콰아아아아아아아아아앙!

거대 광전사의 육편이 사방으로 비산한다.

강력한 폭발로 뒤늦게 주변 공기가 수축하며 광전사가 서 있던 빈자리에 가공할 돌풍이 일어났다.

후득- 후드득-

피를 뒤집어쓴 루인.

이어 그가 무심한 표정으로 아공간 헬라게아를 소환했을 때.

드래곤 비셰울리스와 소드 힐의 노인이 동시에 나타났다.

척-

루인이 군중석과 경기장의 생도들을 번갈아 살피다가 인상을 찌푸렸다.

"드디어 용께서 노망이 드셨나? 시간을 건드려?"

화폭처럼 멈춰 버린 사방.

굉음에 귀를 막으며 비명을 지르던 아이도, 쏟아지는 거인의 파편에 기겁을 하던 여인도 모두 잘 그린 그림처럼 정지되어 있었다.

이런 거대한 규모의 시공간 정지 마법이라니, 과연 고룡다운 절대적인 용언 마법이었다.

"무슨 일이 벌어질 줄 알고 이런 위험한 짓을 하는 거지?"

시간선을 제멋대로 통제하는 건 차원 마법만큼이나 위험하다.

섭리와 인과율을 비트는 일이기 때문.

더구나 이런 광범위한 시간 조작은 반드시 '존재'들의 이목을 끌게 된다.

섭리를 지키는 것이 그들의 맹약인 만큼 비셰울리스, 아니 어쩌면 드래곤 종족 전체가 '존재의 형벌', 즉 신벌(神罰)을 당할 수 있는 위험한 상황이었다.

한데, 오히려 비셰울리스가 더 황당한 표정을 했다.

"단순한 미친 인간은 아니군. 지금 네놈이 무슨 짓을 저질렀는지를 정말 모르겠느냐?"

루인이 묘하게 고개만 비틀고 있자 소드 힐의 노인이 기다랗게 한숨을 내쉬었다.

"마장기를 드러내는 건 선을 넘은 짓이었네. 에어라인에 다양한 국적의 첩자가 활동하고 있는 만큼 이 일이 주변 왕국과 알칸 제국으로 퍼져 나가는 건 이제 시간문제일세."

"그래서?"

"······."

퉁명하게 되묻는 루인의 반응에 소드 힐의 노인은 할 말을
잃고 말았다.

지금까지 지켜본 하이베른가의 대공자는 누구보다도 명석
한 두뇌와 치밀한 심계의 소유자였다.

그런 그라면 충분히 앞으로 벌어질 상황과 정세 변화를 유
추해 낼 수 있으리라 생각했건만.

"인간. 이 일이 퍼져 나가면 더 이상 이 왕국은 존속할 수
가 없다. 르마델의 마장기가 2기 이상이라면 북부의 왕국들
은 틀림없이 연합을 구축하거나 알칸 제국의 병력과 합세하
여 르마델을 없애려고 들 것이다. 너의 마장기는 북부 왕국들
의 균형을 깨는 단초다."

"그렇게들 움직이겠지."

"응? 뭐라고 했나?"

왕국의 파멸적인 상황 앞에서, 다름 아닌 르마델의 대귀족
이 저런 무신경한 반응이라니!

오랜 세월 유희의 삶을 살아온 고룡답게, 르마델을 향한 그
의 애국심은 거의 진심에 가까웠다.

"그런 무시무시한 마장기를 주변 왕국이 탐을 안 낼 것 같
나?"

"이 크고 우람한 걸 어떻게 참아? 봤다면 군침을 흘리며 쳐
들어오겠지."

"당연하다. 응? 뭐라고?"

그걸 아는 놈이?

소드 힐의 노인이 멍해진 표정으로 되묻는다.

루인이 마신을 소환할 수 있는 존재인 만큼 그는 평소에도 루인에게 예의를 잃진 않았는데 어쩐지 오늘은 더욱 예의가 발랐다.

"대체 그 무시무시한 마장기의 출처는 어디인가?"

역사에 존재해 온 그 어떤 영웅도 단신으로 마장기를 운용한 예는 없었다.

그것도 무려 아공간에서 꺼내다니!

대체 저 아공간이 얼마나 넓길래?

현자급 마도사의 아공간이 얼마나 대단한지 모르는 바는 아니었으나, 무려 마장기를 집어넣을 수 있는 아공간은 금시초문이었다.

"전에도 말했을 텐데. 당신들이 전달하는 정보의 질을 가늠한 후에야 협력할 생각을 정하겠다고."

"아, 그거라면!"

소드 힐의 노인은 이미 하이베른가의 대공자와 눈치 싸움할 생각을 버렸다.

마장기의 소유자.

그 압도적인 서술 앞에는 소드 힐의 비밀도 은퇴자들의 율법도 무용지물이었다.

한데 그때.

스스스스스-

부유하는 마장기의 거대한 동체.

아공간의 틈으로 사라져 가는 그 사이로 그는 보고 말았다.

"마, 마, 마, 마장기가……!"

1왕자, 아라혼과 같은 것을 보고 만 소드 힐의 노인.

그의 시선을 좇던 비셰울리스의 두 눈도 찢어질 듯 부릅떠졌다.

"대체 저것들이 다……?"

짙은 어둠이 내리깔린 음습한 아공간.

그곳에는.

아공간 속으로 사라져 가는 마장기와 똑같은 모양의 마장기가…….

무려 20기가 가지런히 도열해 있었다.

사람이 너무 황당한 것을 보면 사고가 정지되어 버린다.

백 년 이상을 살아오며 온갖 산전수전을 겪어 온 소드 힐의 노인이었지만 정말이지 오늘만큼 당황스러운 날은 없었다.

"어떻게……."

음습한 아공간 내부.

잘못 본 것은 아닌지, 몇 번이고 두 눈을 껌뻑이고 있었으나 그것은 틀림없는 거대한 마장기 군단이었다.

마장기 20기.

무려 알칸 제국이 보유한 마장기와 비슷한 규모.

역시 비세울리스는 드래곤답게 마장기보다 루인의 아공간 자체에 대해 더욱 진한 의문을 드러내고 있었다.

"믿을 수 없군. 현자 수준의 인간 마법사조차 공간을 왜곡할 수 있는 구조의 범위는 통상적으로 10배 내외. 한데 저 아공간은……."

얼핏 살펴도 이 경기장보다 더 넓은 공간이 아공간 내부에 광활하게 펼쳐져 있었다.

공간의 왜곡 구조가 현실의 수천 배는 가볍게 상회하고 있는 것이다.

수천 배?

드래곤인 자신의 아공간도 현실의 50배를 넘지 못했다.

이건 마치 마도의 상식이 송두리째 부정되는 듯한 기분이었다.

그 순간.

갑작스럽게 굳어지는 소드 힐의 노인.

비세울리스가 마장기보다 마장기 군단을 보관할 수 있는 아공간 그 자체를 더 집중하고 있는 이유.

마침내 그 역시 그 이유를 깨달은 것이었다.

"그, 그런……."

통상적으로 마장기는 그 육중한 무게와 거대한 부피, 마도 병기 특유의 민감한 성질 때문에 기동이 매우 제한적이었다.

대부분의 국가들이 마장기의 운용을 극비에 부치고 있었지만 아무리 은밀하게 기동한다고 해도 한계가 있는 것이다.

마장기의 배치만 살펴도 해당 국가가 구축하려는 전선을 파악할 수 있는 것.

한데, 그런 어마어마한 마장기를 무려 마법사의 아공간으로 이동시킬 수 있다?

그건 단순한 전쟁 양상의 변화 따위가 아니었다.

저 아공간의 비밀만 밝힐 수 있다면 인간이 이룩한 문명 자체가 일대 변혁을 맞이할 수 있을 정도의 파급력을 지니고 있는 것이다.

하이베른가의 대공자.

소드 힐의 노인은 더 이상 그런 루인이 사람처럼 느껴지지 않았다.

여행객으로 위장한 루인이 알칸 제국에 침입한다면?

제국의 수도에서 마장기 20기를 동시에 소환할 수 있는 인간.

그건 제국의 멸망을 뜻한다.

그렇게 비셰울리스와 소드 힐의 노인이 온갖 상상의 나래를 펼치고 있을 때 루인이 소리 없이 웃었다.

"상상력을 너무 발휘하지는 마. 아무리 나라도 3기 이상의 운용은 무리니까."

소드 힐의 노인은 대부분의 왕국에서 현자가 최고 반열의 귀족으로 대우받는 이유를 그제야 생각해 냈다.

최고위 마도학자나 현자만이 마장기를 운용할 수 있었기 때문.

"인간. 도대체 그 아공간의 정체가 뭐지?"

마장기 3개는 무슨 장난인가?

그것만으로도 웬만한 중소 왕국 두세 곳의 전력을 합한 규모.

그런 엄청난 전력을 아공간에 넣어 다닐 수 있다는 자체만으로도 인간의 전쟁사가 이룩한 모든 전략 전술이 무용지물로 변하는 일이었다.

루인이 태연하게 대답한다.

"마도사의 밑천을 함부로 묻는 건 실례다. 용."

루인이 은밀히 왕국을 지켜 온 수호자 집단 앞에서도 한없이 당당한 이유를 이제야 절절하게 깨닫는 소드 힐의 노인.

이제 그의 눈에 루인은 걸어 다니는 국가 전력급 마도사였다.

"인간, 혹시 그 마장기들은 인간계에서 만들어진 것이 아닌 건가?"

루인은 굳이 숨기지 않았다.

"마계 군주의 소유물이다."

무려 마신 쟈이로벨의 작품.

혈우 지대를 재탈환하기 위해 자신의 모든 역량을 기울여 만든 희대의 역작.

하지만 어차피 악제의 '안티 매직 와이엄'이 등장하는 순간 이 세계의 모든 마장기는 고철 덩어리로 변한다.

악제가 아직 와이엄을 키워 내지 못했다는 것을 확인한 이상 루인은 최대한 이 마장기를 활용할 생각이었다.

물론 앞으로 마장기의 시대가 얼마나 더 이어질지 남아 있는 시간을 가늠하긴 힘들었다.

'음…….'

검성이나 브홀렌의 사건으로 미뤄 볼 때 지금 놈은 악제군의 주요 군단장 후보들을 비밀리에 포섭 중인 상황으로 보인다.

놈이 저토록 은밀하게 움직이는 이유는 단 하나.

아직 벌레, 와이엄을 탄생시키지 못한 것.

'벌레가 태어나기 전까진 놈은 결코 움직이지 않을 것이다.'

아무리 악제라고 해도 인간들의 마장기가 건재한 이상 승리를 장담할 수는 없을 터.

바로 지금이, 자신이 일을 도모할 수 있는 최적의 타이밍이었다.

그렇게 루인은 앞으로의 계획을 대폭 수정했다.

이미지를 통해 치밀한 검증을 하고 싶었지만 아쉽게도 이곳은 경기장의 한복판.

그러고 보니 시간이 얼마 없었다.

지금까지는 혈주투계의 운용으로 신체의 통각을 모조리 차단하고 있었다.

그러나 곧 절대영도에 가까운 결빙계 마법을 스스로 몸에 시전한 부작용이 거세게 들이닥칠 것이다.

그제야 비세울리스도 루인의 하복부를 시선으로 가리켰다.

"인간. 그 몸으로 살 수는 있는 건가?"

상체의 절반이 결정화된 채로 서 있는 루인.

한눈에 봐도 보통의 결빙계 마법이 아니었다.

인간의 육체는 허약하다.

무시무시한 결빙계 마법에 십여 분 이상 노출되고도 멀쩡한 정신, 정상적으로 서 있다는 것이 믿어지지 않을 정도였다.

"신경 쓰지 마. 그것보다……."

잠시 생각에 잠기는 루인.

루인은 이들에게 악제의 정체를 알려 주는 것이 맞는지를 고민하고 있었다.

태초의 마법사 테아마라스.

인간들에게 너무나 드높고 거대한 이름.

과연 인간들이 받아들일 수 있을지가 의문이었다.

마도의 역사, 아니 인간의 문명 자체가 부정되는 것.

허나 이들은 멸망의 당사자였다.

결국 루인의 허무한 두 눈이 소드 힐의 노인에게로 향했다.

"그는 테아마라스다."

무슨 뜻으로 하는 말인지를 파악하지 못해 소드 힐의 노인은 의구심 담긴 눈빛만을 빛내고 있었다.

"그게 무슨……?"

"그대들이 추적하고 있는 대상."

그제야 점점 확장되기 시작하는 노인의 동공.

"테, 테아마라스?"

마도 문명의 창시자.

고대의 초월자, 그 태초의 이름에 소드 힐의 노인은 믿을 수 없다는 듯 고개를 흔들었다.

"마, 말도 안 되네!"

흔들림 없이 차분한 루인의 눈빛.

루인이 일체의 감정 없이 무심하게 자신을 지켜보고 있자 소드 힐의 노인이 가까스로 전율을 떨쳐 냈다.

"도, 도대체 인간이 어떻게 그렇게 긴 시간을……."

무한존재(無限存在).

그것이 가능하다면 그 자체로 이미 신.

반면 드래곤 비셰울리스의 반응은 그보다 차분한 편이었다.

"허면 그 테아마라스라는 인간이 카알라고스 님과 동등한 반열에 올랐단 말인가?"

지고룡 카알라고스.

드래곤의 역사 그 자체를 상징하는 창세룡.

"그렇겠군. 어째서 그런 긴 수명이 가능한지는 나 역시 모르지만."

이어 강한 의문을 드러내는 소드 힐의 노인.

"그가 테아마라스라면 도대체 왜 그런 짓을?"

그 고고한 초월자 테아마라스가 도대체 왜 각국의 주요 왕족들을 암살하고 국가 간의 분열을 획책하고 있단 말인가?

"놈은……."

루인이 무표정하게 악제와의 대화를 전하고 있었다.

루인의 말이 모두 끝났을 때 소드 힐의 노인은 허탈한 심정을 감추지 못했다.

"그런……."

번영하고자 하는 인간의 욕구가 세계의 불균형이라고?

약육강식은 이 세계를 지탱하는 기본적인 섭리였다.

야생의 포식자, 맹수를 세계의 불균형이라 말하는 것이나 다름없는 것이다.

그건 대자연 자체를 부정하는 말.

전설적인 대마도사, 그 위대한 지혜의 상징이 구사하는 논리라고는 도무지 믿을 수 없을 정도였다.

더욱이 루인에게 그의 진정한 목적을 모두 들었을 때는…….

"인간이라는 종의 절멸(絕滅)……?"

무심히 고개를 끄덕이는 루인.

"구체적으로 말하자면 불균형을 초래하는 모든 종(種). 놈의 멸절 범위에는 존재들, 그리고 창조신도 해당된다."

드래곤 비세울리스가 인상을 찡그렸다.

"가능할 리가 없다."

"나도 그렇게 믿고 싶거든."

하지만 과거의 악제는 정말로 모든 존재들을 절멸시켰다.

인간의 신들을 모조리 사멸시킨 것이다.

"영원을 살아온 위대한 초월자가 어떻게 그렇게까지 비틀린 마음을……."

루인이 소드 힐의 노인을 힐끔 쳐다본다.

"인간의 신념이 맹신으로 변질되는 것은 시간과 전혀 상관없는 일이야. 인간 자체의 문제지. 그리고 살아온 세월이 꼭 현명함과 비례하는 것도 아니고."

"하지만 그는 태초의 마법사……."

"달라지는 건 없다."

악제가 테아마라스라고 해도 바뀌는 건 없었다.

오히려 적이 명확해진 건 큰 수확이라 할 수 있었다.

문제가 있다면 그 역량의 실체가 너무 거대하다는 것뿐.

놈은 인간의 기나긴 역사를 모두 관조한 자.

오히려 신보다 더 까다로운, 인간의 지혜와 전략을 누구보다 잘 이해하고 있는 고대의 초월자였다.

루인의 시선이 이번엔 비셰울리스에게 향했다.

"전에 말했던 그 지고룡."

"음?"

루인의 시선이 그림처럼 정지되어 있는 경기장 내부를 찬찬히 훑는다.

"지고룡 카알라고스가 내 가까운 주변에 있다는 것 말이다. 그게 누구지?"

이 정도로 어마어마한 정보를 내어놨으니 그에 상응하는 보답을 하라는 뜻일 터.

하지만 비셰울리스는 지고룡의 맹약에 매인 몸이었다.

"그건 말할 수 없다. 그분의 뜻이 정해진다면 언제든 스스로 밝히실 것이다."

루인이 쩝 하고 입맛을 다셨다.

드래곤들의 맹약에 대해 모르는 바는 아니었다.

허나 이 정도까지 중요한 정보를 얘기해 줬으니 조금은 기대했던 건 사실이었다.

서서히 한기가 밀려온다.

통각(痛覺)을 통제하고 있던 혈주투계의 권능이 서서히 한계를 드러내고 있었다.

"어쨌든 내 할 말은 모두 끝났다. 나는 오랫동안 정신을 잃을 거다."

루인은 마신 쟈이로벨의 계약자였던 만큼 초보적이지만 마족들의 마고수면(魔枯睡眠)을 흉내 낼 수 있었다.

허나 시간이 얼마나 걸릴지 가늠할 수 없는 상황이었다.

어쩌면 제때에 쟈이로벨이 도착하지 않는다면 목숨이 위험할 수 있었다.

곧 비셰울리스의 시선이 경기장의 군중들을 훑는다.

"그건 나도 마찬가지. 어차피 나선 순간 동면을 각오했다."

드래곤이 동면을 해야만 한다면 그것은 힘을 잃었을 때.

서서히 드러나는 술식.

드래곤 특유의 용언 마법이 허공에 얽히다가 이내 상상할 수 없는 범위로 퍼져 나갔을 때 루인은 기가 차다는 반응이었다.

"이 대규모 군중들의 기억을 지우겠다고?"

대규모 시간 조작도 어처구니가 없는데 기억 조작이라니?

'기억 조작'은 그 위험하다는 군중 제어 마법을 몇 단계나 뛰어넘는 초고위계의 정신 마법이었다.

대마도사의 모든 역량을 동원한다면 자신도 가능할지는 모르겠으나 제대로 정신 체계를 유지할 수 있을지는 미지수였다.

과연 에이션트 드래곤다운 배포.

루인이 피식 웃었다.

"대단한 유희로군."

이 고룡은 지금 수호자 놀이 따위를 하고 있는 것이 아니었다.

르마넬 왕국을 지키는 일에 정말로 진심인 것이다.

그러나.

"저 아이들의 기억은 건들지 마라."

이내 미간을 찡그리는 비셰울리스.

"왜지?"

"내 동료들이니까."

동료.

새로운 인연.

그렇게 루인은 목소리 생도들을 이번 생의 동료로 인정하고 있었다.

"거절한다…… 라고 말하면 또 그 마장기를 꺼내겠지?"

어떤 후환도 남기고 싶지 않은 것이 솔직한 비셰울리스의 심정이었으나 이미 그는 루인의 마장기를 보고 말았다.

"알면서 왜 묻는 거냐. 용."

점점 사방으로 퍼져 가는 용언의 숨결.

무심히 술식의 결을 살피던 루인이 다시 입을 열었다.

"드래곤의 정신이 아무리 강대하다고 해도 이런 대규모 기억 조작은 목숨을 거는 일. 이 왕국을 왜 이렇게까지 지키고

자 하는 거지?"

비셰울리스의 입가에 희미한 미소가 걸렸다.

"비셰리스마가 지키고자 했던 인간들이니까."

◆ ◇ ◆

-와! 방금 루인 생도의 물리 차폐 마법을 보셨나요! 무려 브홀렌 생도의 검을 정면에서 막아 냈어요!

와아아아아!

-교수로서 생도들의 이명 랭킹을 언급하긴 좀 그렇지만! 브홀렌 생도는 무려 랭킹 1위예요! 4등위 기사 생도 중에서도 최고의 실력을 가진 생도란 뜻이죠!

관중석의 군중들은 브홀렌보다도 그의 공격을 막아 낸 루인에게 더욱 환호를 보내고 있었다.

-하지만 상태를 보니 이번에는 쉽게 일어나지 못하겠군요! 브홀렌 생도의 라이트닝 브레이커(Lightning Breaker)는 기성 기사들조차 감탄해 마지않는 기술이죠! 교수로서 루인 생도의 실력을 더 보고 싶지만 참으로 안타깝네요!

4등위 기사 생도, 그것도 이명 랭커 3명을 상대로 하이베른가의 대공자 루인은 그야말로 눈부신 활약을 보여 주었다.

마법 생도가, 그것도 단신으로 기사 생도 3명을 맞상대하는 광경은 한마디로 경이에 가까웠다.

적재적소에 분배되는 화려한 스펠.

상상도 하지 못한 방법으로 기사 생도들을 상대하는 그의 마도는 관중들을 극도의 흥분으로 몰아넣기에 충분했다.

하지만 쓰러진 그에겐 더 이상 일어날 기미가 보이지 않았다.

모두가 안타까워하는 순간이었다.

"……."

쓰러져 있던 루인은 굳이 일어나려고 하지 않았다.

사실 일어날 힘도 없었다.

악제의 청염은 마신 쟈이로벨의 마도 병기 카가르간의 진멸을 단숨에 자가 수면에 빠지게 만들 정도로 강력했다.

게다가 갑주화된 카가르간의 진멸이 막아 줬음에도 청염의 열기를 모두 막아 낸 것은 아니었다.

남은 잔열을 없애기 위해 루인은 스스로 자신의 몸에 결빙계 마법을 시전할 수밖에 없었다.

그럼에도 결빙계 마법이 모두 사라진 지금 하복부에 엄청난 열상이 느껴졌다.

대마도사의 정신을 유지하기 힘들 지경의 극한의 고통.

루인이 자신을 향해 검을 겨누고 있는 브홀렌, 아니 비셰울리스를 가까스로 올려다보았다.

"……용."

브홀렌의 외모로 폴리모프한 비셰울리스도 한계에 직면해 있었다.

초고위계의 정신 제어 마법인 기억 조작, 더욱이 이런 대규모로 펼쳤으니……

아무리 강대한 드래곤의 정신 체계라도 빨리 다스리지 않으면 붕괴될 위험이 있었다.

비셰울리스가 관중석을 시선으로 가리켰다.

"정신 방벽이 뛰어난 몇몇 인간들의 기억은 완벽하게 조작하지 못했다."

묵묵히 고개를 끄덕이는 루인.

물론 그럴 것이다.

특히 현자급 마도사들.

현자 에기오스나 헤데이안 학부장, 몇몇 고위계 마도학자들이라면 상당한 수준의 정신 방벽을 지니고 있을 터.

더욱이 초인이나 초인에 근접한 기사들의 정신도 강고하기는 마찬가지였다.

루인은 고통에 참혹하게 얼굴을 일그러뜨리면서도 비릿하게 웃었다.

"뒤처리를 부탁하시겠다?"

"인간. 그대가 싼 똥이다."

푸흐흐 하고 웃던 루인이 다시 고통에 얼굴을 일그러뜨렸다.

"역시 드래곤의 유희는 별로야. 이건 뭐 고고한 용이 아니라 인간이나 마찬가지잖아?"

"난 여기까지다."

점점 초점이 사라져 가는 비세울리스의 두 눈.

그가 비틀거리다 무릎을 꿇으며 쓰러지자 헬렌 교수의 당황한 목소리가 다시 경기장에 울려 퍼졌다.

-세, 세상에! 브흘렌 생도가 쓰러졌어요! 아예 정신을 잃은 것 같군요! 방금 전 루인 생도의 초질량 마법이 생각보다 타격이 상당했나 보네요!

왕실 직속의 의료진들이 들것을 들고 뛰어오고 있었다.

루인과 브흘렌에게 전투 불가 판정이 내려진 모양.

이렇게 되면 4 대 4의 동등한 구도였다.

물론 무등위 생도 측이 훨씬 불리했다.

사실상 루인이 전력의 전부나 마찬가지인 상황이었으니까.

들것에 실려 나가던 루인의 시야에 시론의 얼굴이 들어왔을 때.

루인이 의료진의 옷깃을 강하게 당겼다.

"잠시 이야기를……."

의료진이 고개를 끄덕이며 물러나자 시론이 서둘러 뛰어
왔다.

"루인! 갑자기 이게 무슨 일이지? 사람들이……!"

기억을 잃지 않은 시론과 나머지 생도들로서는 세상이 미
쳐 돌아가고 있는 듯한 느낌일 것이다.

거대한 광전사와 루인의 압도적인 마장기를 누구도 언급
하고 있지 않았으니까.

다프네가 입술을 깨물며 물어 온다.

"설마 루인 님이 사람들의 기억을……."

경악하는 세베론.

"기, 기억 조작? 그런 수준의 정신 제어 마법이 가능한 거
였어?"

"……이론상으로는요."

루인은 굳이 사실을 바로잡지 않았다.

르마델 왕국을 수호하는 드래곤의 존재는 지금 밝혀져서
좋을 것이 없었으니까.

소문이 번진다면 악제나 놈의 휘하들에게 미리 정보만 내
어 주는 꼴이었다.

"시론."

"응?"

"다프네."

"네? 네!"

"세베론."

"응!"

마지막으로 루인은 말없이 서 있는 루이즈를 바라보고 있었다.

"내가 없어도—"

다시 동료를 훑으며 강렬한 눈빛을 빛내고 있는 루인.

"너희들은 강하다."

그제야 자신들이 직면한 현실을 깨달은 시론이 표정을 굳혔다.

루인이 없는 결승전.

한 번도 그런 가정을, 아니 상상조차 해 보지 않았다.

"너희들이 스스로를 의심한다면 그건 날 의심하는 것과 같다. 그동안의 수련을 부정하는 짓이니까."

목소리 생도들은 루인과 함께했던 시간들을 떠올렸다.

매일매일 지옥 같았던 달리기.

쳇바퀴처럼 반복되던 이미지 수련.

마법사의 고리를 부췄던 재구축 수련법의 반복.

거기에 각자의 성향과 재능에 맞는 특화 수련까지.

분명 지난 반년 동안의 성장은 지금까지의 어떤 성장보다도 가팔랐을 것이다.

"루이즈."

〈네.〉

마지막 한마디를 남기고 혼절하는 루인.

"이놈들을 부탁……."

"루인!"

"루인 님!"

경악하며 허겁지겁 뛰어온 의료진들이 다시 루인을 들것에 실어 경기장 밖으로 나가자.

루이즈가 지팡이를 움켜잡으며 강렬하게 두 눈을 빛냈다.

〈지금부터 전투의 전권은 제가 갖겠어요. 시론. 세베론.〉

"응?"

〈미안하지만 최대한 시간을 벌어 주세요.〉

역시 본래의 전략대로 복귀인 건가.

시론이 의문을 드러냈다.

"얼마나? 너무 오래는 장담 못 해."

베리알의 뼈갑옷이나 세베론의 뇌전 갑옷에 얽혀 있는 권능을 아직 시론은 모두 파악한 것이 아니었다.

지금까지 상대한 생도들은 거의 대부분 단순히 출전에 의의를 두는 수준 미달의 생도들.

그런 애송이들의 검은 충분히 막아 낼 수 있다는 걸 확인했지만, 이명 생도들의 검까지 막는다는 건 아직 확신할 수 없는 일이었다.

마법사는 결코 경험하지 못한 것을 맹신한 채 전략을 세우진 않는다.

〈최대한 오래. 적어도 10분 이상이 필요해요.〉

"10분?"

"미, 미친!"

일상에서의 10분은 아무것도 아닌 시간이겠지만 전투 상황에서의 10분은 전혀 말이 달랐다.

특히 저 쟁쟁한 이명 생도들을 상대로 10분을 단둘이서 막아 내라는 건…….

"도대체 그 긴 시간 동안 뭘 하려는 거지? 우리도 확신이 필요하지 않겠어?"

〈주문 하나를 완성하겠어요.〉

루이즈는 루인의 염동력만큼이나 사기적인 절대 언령의 보유자.

그녀의 스펠 시전 시간은 다른 평범한 마법사들에 비해 극단적으로 짧았다.

한데, 그런 그녀가 10분이라는 긴 시간을 오직 하나의 술식을 완성하기 위해 투자한다?

분명 완성하기만 한다면 승부 자체를 뒤집을 수 있을 만한 강력한 주문일 것이다.

"대체 얼마나 엄청난 술식이길래 그래요?"

다프네를 바라보며 고아하게 웃는 루이즈.

〈절대 권능 봉인.〉

디 포스(Deforce) 계열의 최고 주문, 절대 권능 봉인.

한데, 7위계의 끝자락에서나 겨우 시도해 볼 수 있는 그 엄청난 주문을 도대체 어떻게?

더욱이 가장 당황스러운 건-

"그럼 우리도 함께 마법이 봉인될 텐데요?"

그것은 디 포스 계열의 술식이 갖는 특징 중 하나.

일정 범위의 모든 마력과 투기를 잠재우는 그 위험한 주문은 적군과 아군을 가리지 않았다.

"우린 반년 동안 체력을 단련했어요."

시론은 어이가 없었다.

설마 공평하게 투기와 마력이 사라진 후에 순수한 체력전을 구사하겠다는 건가?

물론 자신들이 육체 수련을 게을리하지 않은 건 사실이었다.

하지만 그것도 엄연히 마법사의 수준에서다.

전방의 저 두 선배는 평생 동안 육체를 수련해 온 기사 생도들.

"장난해? 그건 오히려 우리가 더 불리하다! 받아들일 수 없다!"

다시 냉정해진 루이즈의 두 눈.

그녀의 차가운 시선이 다프네를 향한다.

〈다프네는 미리 마력을 투입해 놓는 '메모라이징 탄환 마법'이 가능해요. 메모라이징의 수는 줄어들겠지만.〉

"오호!"

"아! 그건!"

시론과 세베론이 동시에 탄성을 내질렀다.

미리 마력을 투입해 설치해 놓는 메모라이징 방식, 즉 메모라이징 탄환 마법.

모든 투기와 마나가 사라진 뒤에도 다프네가 미리 설치해

둔 메모라이징 탄환 마법만큼은 위력을 발휘할 수 있는 것이
다.

이어진 다프네의 음성에 모두가 희망으로 불타올랐다.

"일곱 개. 마력과 염동력을 모두 잃을 각오라면 그 정도는
가능해요."

순수한 인간의 체력만 남은 승부 속에서, 상대는 6위계의
메모라이징 탄환 마법 일곱 개를 감당해 내야만 한다.

그건 아무리 이명 생도들이라도 쉬운 일이 아니었다.

〈 역시 저 선배들은 또다시 마력권(魔力圈)을 형성했군요.
다행이에요. 〉

츠츠츠츠츠-

천천히 발밑으로 번지는 두 개의 독특한 기운.

유리우스의 마력권 '폭열의 결계'와 타가엘의 '혹한의 서리
지대'였다.

"다행?"

염화와 빙계 마법을 동시에 봉인하는 무척 까다로운 마력
권이었다.

가장 강력한 원소 마법 둘을 잃고 시작하는 것.

잔풍계 마법이 주력인 시론으로서는 그나마 다행이지만,
화염 마법이 특기인 세베론에게는 지옥이나 다름없는 상황

이었다.

루인이 결빙계 마법이 특기인 리리아를 출전시키지 않은 것도 바로 이런 이유 때문.

"뭐가 다행이란 거지? 내 잔풍계 마법 하나만으로는 저 두 선배들을 제압하는 게 불가능해."

〈적어도 그들이 기사 생도 선배들을 보조하진 않을 테니까요. 마력권을 유지하면서 술식을 발휘하는 건 쉽지 않은 일이에요.〉

이건 자신들을 깔보고 있다는 반증.

원소 마법 두 종류만 봉인한다면 아무것도 하지 못할 거라는 판단의 발로일 터였다.

〈물론 저 두 선배들은 다른 원소 마법에 내성을 지닌 마도구들을 착용하고 있겠죠.〉

세베론은 식은땀이 흘러내렸다.

양대 원소 마법 봉인에 이은, 다른 원소에 내성을 지닌 마도구의 조합.

사실상 이건 모든 원소 마법이 소용없다는 의미였다.

"그래서 그런 작전을⋯⋯?"

시간 끌기에 이은 절대 권능 봉인.

문제는 루이즈가 절대 권능 봉인이라는 7위계의 마법을 과연 시전할 수 있느냐였다.

"정말 가능하겠어?"

〈네.〉

마법사가 자신의 위계를 뛰어넘는 술식을 구사한다는 것.

정신 과열, 정신 폭주, 정신 붕괴.

어떤 부작용이 따른다고 해도 이상할 것이 없는, 그야말로 극도로 위험한 선택이었다.

〈다프네. 당신의 역량에 따라 우리의 운명이 결정돼요.〉

다프네가 루인에게 받은 '루타므의 영체 투구'를 머리에 쓴다.

물밀듯이 밀려오는 정보량.

영적인 눈으로 세계를 바라보는 제3의 감각이 펼쳐진다.

그녀는 이내 신비로운 물결의 잔상, 흩날리는 마나를 염동으로 다스렸다.

"내 컨디션은 이미 최고예요."

Chapter. 47

이명 랭킹 3위에 빛나는 기사 생도, 일리온의 검술은 화려했다.

스스스슥!

환상처럼 번져 가는 검의 잔상이 세베론의 온몸을 휘감았다.

슉! 슈욱!

일리온은 자신의 검이 건방진 무등위 마법 생도의 몸에 깊숙이 박혔을 때 회심의 미소를 지었다.

고작 자신의 일검도 막지 못하는 후배들을 상대로 작전 운운했던 것이 치욕스러울 지경.

그러나.

고야드(ЖгɑСɪє)의 뇌전 갑옷 앞에서는 한낱 잔망스러운 잔재주일 뿐.

"이, 이!"

검이 빠지지 않는다.

후배 놈의 갑옷이 뭔가 이상했다.

찌그러지거나 꿰뚫린 흔적이 없다.

금속제 갑옷 특유의 거친 표면도 보이지 않았다.

츠츠츠츠-

자세히 보니 그건 갑옷 같은 것이 아니었다.

마치 살아 움직이는 듯한 자욱한 연기가 갑옷 외피를 쉴 새 없이 소용돌이치고 있었다.

한데 그 순간.

지직! 지지직!

검을 삼킨 연기 속에서 강렬한 뇌전이 일렁인다.

이내 그의 손아귀에 엄청난 고통이 번질 때쯤.

"크윽!"

뇌전 갑옷이 내뿜는 마력 뇌전이 강한 저항에 직면했다.

역시 루이즈의 예상 그대로였다.

지지지직!

일리온의 가슴 부근에서 기묘한 공명이 일어남과 동시에 고야드의 뇌전 갑옷으로부터 흘러오고 있는 전류가 대부분

차단된 것.

물론 온몸을 해부하는 듯한 찌릿한 전류의 느낌은 한참 동안 사그라들지 않아서, 세베론을 바라보는 일리온의 눈빛은 처음과 확실히 달라져 있었다.

내부의 투기가 순간적으로 와해될 정도의 강력한 전류.

하마터면 일리온은 검을 잡은 손을 놓을 뻔했다.

검을 놓친다는 건 기사로서 수치스로운 일이겠으나 투기를 모두 잃는 것보다는 나은 선택.

문득 일리온이 크라울시스 쪽을 힐끔 쳐다본다.

차앙! 차아앙!

푸스스스!

저쪽도 놀라운 건 마찬가지였다.

저 현자의 손자라는 놈도 크라울시스의 환상검을 육탄으로 막아 내고 있었다.

단순히 막아 내는 수준으로 그치는 것이 아니다.

가끔씩 강렬한 잔풍계 마법을 펼쳐 역으로 압박하고 있는 모습에 기가 찰 지경.

몸놀림도 마법 생도 수준을 아득히 벗어나 있다.

'이놈들이……!'

하이렌시아가의 직계검술 환상검은 베른가의 사자검과 비견되는 초고위 검술.

게다가 크라울시스 대공자의 경지 역시 브홀렌 못지않다.

휘휘휘휙!

환상검의 궤적이 스치는 곳마다 강렬한 스피릿 오러가 번진다.

한데 그런 초고위 검술이 한낱 마법사의 몸을 꿰뚫지 못하고 있었다.

'대체 이놈들이 걸치고 있는 마도구의 정체가 뭐지?'

환상검을 무려 육탄 방어로 막아 내고 있는 기상천외한 광경.

저 허약한 마법 생도를 6성 기사와 근접전이 가능하도록 만드는 무시무시한 마도구라니.

그런 엄청난 마도구가 실존한다는 걸 도무지 믿을 수 없을 정도였다.

그때.

"크윽!"

콰아아앙!

세베론의 충격 마법이 일리온의 가슴에 작렬했다.

그의 특기인 화염 마법에 비하진 못하겠지만 워낙 가까운 거리에서 적중된 상황이라 그 충격이 적지 않았다.

"그 목걸이가 진동계 마법은 막아 내지 못하나 보네요. 선배님."

"다, 닥쳐라!"

"부럽습니다. 한눈을 파실 여유도 있으셔서. 전 지금이 최선의 순간이거든요."

세베론의 그 말에 일리온은 치욕스러운 감정이 피어올랐다.

기사의 검(劍)에 적을 앞에 두고 여유를 부리는 사치는 없다.

일리온은 마침내 후배들을 깔보는 감정을 내던졌다.

진심에는 진심으로 응하는 것이 기사.

"기대 이상이군."

일리온의 눈빛에 강렬한 투지가 일렁인다.

이내 그의 고유 투기가 폭발하듯 피어올랐다.

투기 하나만큼은 브홀렌보다도 더 강력하다고 평가받는, 그에게 '별의 기사'라는 이명을 선사한 강력한 투기, 광자성흔(光子星痕)이었다.

차차차차차~

"투, 투기 폭풍!"

말로만 듣던 상위 기사의 경지.

실제로 투기 폭풍을 보는 건 처음인 세베론이었다.

투기 폭풍이 가능하다는 건 그가 6성의 끝자락에 서 있는 기사라는 뜻.

투기 폭풍은 공격 이외의 모든 불필요한 것을 포기하는, 그야말로 무(武)의 효율을 버리는 기술.

대신 짧은 순간이나마 평소의 몇 배에 달하는 투기를 운용할 수 있게 만들어 준다.

그 말인즉, 저 무시무시한 이명 랭커가 무등위 마법 생도인 자신을 상대로 도박을 벌였다는 것.

세베론은 온몸이 떨려 왔다.

이명 랭커의 진심을 다한 최선은 그만큼 무시무시했다.

콰아아악!

눈에 보이지도 않는 궤적이 짓쳐 와 가슴께에 박힌다.

고야드의 뇌전 갑옷에서 지금까지 들어 보지 못한 소음이 들려온다.

꾸르르르릉!

그것은 격렬한 뇌성(雷聲).

동시에 엄청난 진동이 온몸을 휘감았다.

"크으으윽!"

숨도 쉴 수 없을 정도의 충격이 연속으로 밀려온다.

하지만 거기까지.

고야드의 뇌전 갑옷은 역시 훌륭하게 공격을 흡수하고 있었으나 근본적인 충격파까지 상쇄해 내진 못한 것.

파앙! 파아악!

일리온의 쉴 새 없는 연격에 마치 춤추는 사람처럼 이리저리 휘청이고 있는 세베론이었다.

연속되는 강력한 충격파에 금방 정신이 아득해진다.

휘우우우우우!

그 순간 좌측에서 날아온 강렬한 돌풍.

역시 일리온의 화려한 환검이 돌풍을 가볍게 막아 냈다.

그렇게 잠시 일리온의 공격이 멈추자 세베론은 황급히 쉴드 마법을 몸에 둘렀다.

콰아아아앙!

소름 돋을 정도의 충격음에, 그의 고개가 부서지듯 시론을 향해 꺾어졌다.

"시, 시론!"

저 무시무시한 크라울시스를 상대하고 있으면서, 자신에게 잔풍계 마법을 날려 준 것이다. 그것도 적에게 등을 내주면서까지.

씨익.

시론이 등을 가격당한 채 웃고 있다.

충격이 상당한 듯 녀석의 입가에는 피가 흥건했다.

모든 물리적인 공격을 상쇄할 수 있으나 충격파까지는 어쩔 수 없다는 것을 깨달은 세베론.

이내 그가 악착같이 수인을 뻗자 하나의 술식이 허공에 맺혔다.

위잉! 위이잉!

극도의 어지러움, 누군가 귀를 통째로 뜯어내는 듯한 고통의 이명이 몰아친다.

정신 붕괴의 전형적인 전조 증상.

연속된 충격파의 후유증으로 염동력이 모이지 않는 상황에서 억지로 술식을 펼치자 정신에 무리가 온 것이다.

하지만 세베론은 부서져라 이를 깨물었다.

세상이 빙빙 돌고 시야마저 이지러졌으나 결코 포기할 수 없었다.

마침내 완성한 하나의 술식.

희뿌연 마력 빛살과 함께 허공에 드러난 것은 육중한 마력 해머였다.

그 광경에 뭔가 깨달은 듯한 시론이 시원하게 웃어 댔다.

"크하하하하! 그래! 그 방법이 있었구나! 세베론! 넌 역시 술식의 천재다!"

우우우우웅!

이어진 시론의 재빠른 수인.

이어 그의 전면에 드러난 것 역시 세베론의 것과 똑같은 마력 해머였다.

크라울시스가 눈살을 찌푸린다.

"네놈들…… 지금 뭐 하자는 거냐?"

저따위 허술한 마력 해머 따위가 6성 기사들의 검을 상대할 수 있을 리가 없었다.

마력 해머 같은 초보적인 술식, 그 느릿느릿한 공격에 당할 기사가 대체 어디 있다고?

홍 하고 콧방귀를 뀌던 일리온이 재차 검을 움직인다.

160 하이퍼른가의
      대공자 7

촤아아아아-

일렁이는 빛살, 또다시 세베론의 가슴을 잔혹하게 꿰뚫어 버린 검.

이내 거센 충격파가 세베론을 휘감았을 때.

휘우우우우!

놀랍게도 거대한 마력 해머가 향한 곳은 세베론의 등이었다.

터어어어엉!

"큭!"

세베론의 잇새에서 잠시 고통스러운 비명이 흘러나왔지만 그 순간은 매우 짧았다.

속을 게워 낼 것처럼 비틀거리던 방금과는 달리 금방 충격파에서 벗어나 버린 것.

일리온의 두 눈이 극도의 황당함으로 물들었다.

"뭐, 뭐야 이건?"

갑자기 거대 망치를 소환한 후배.

놈이 그렇게 자해를 시작했을 땐 경기를 포기했나 싶었다.

한데 이젠 오히려 자신의 공격이 아무렇지도 않은 듯 웃고 있었다.

"……무슨 수작을 부린 거냐?"

"충격파의 반대 파동으로 상쇄하는 마법입니다."

"뭐?"

그것은 에어라인에 처음 올라왔을 때 공간이동의 부작용을 겪은 생도들이 루인에게 배웠던 술식 이론이었다.

특정 진동이나 파동의 일주기(一週期)와 전혀 반대되는 파동이 합쳐지면 깔끔하게 상쇄되는 법칙.

그런 반대위상(反對位相)의 법칙을, 마법을 모르는 기사 생도들이 이해할 수 있을 리가 없었다.

"뭐 이딴 게……."

일리온이 느끼기에 그건 그냥 어리석은 자해일 뿐이었다.

자신의 검에 적중되자마자 곧바로 스스로 망치질을 해 대는 것이 정상적으로 보일 리가 없는 것이다.

터어어어어엉!

그 황당한 짓은 저쪽도 마찬가지.

마력 해머에 적중당한 채 부르르 몸을 떨던 현자의 손자가 하늘을 쳐다보며 오만하게 웃어 댔다.

"크하하하하! 거 시원— 하다!"

광기로 비틀린 입.

미친놈처럼 번들거리는 두 눈.

'이놈들…… 제정신이 아니야!'

처음으로 주춤 뒤로 물러나는 일리온.

투기 폭풍을 동원한 공격을 저토록 쉽게 막아 낸다면 남은 방법이 없었다.

실전이었다면 머리를 공격하면 간단하겠지만 지금은 무투
대회.

머리를 공격하면 곧바로 실격패다.

"이 천한 것들이……!"

크라울시스의 인내심이 한계에 다다랐다.

대공자 루인을 들것에 실려 나가게 한 건 큰 수확이지만 그
건 모두 브홀렌의 공.

그런 짜증 나는 상황에서 애송이들까지 거추장스럽게 굴
자 크라울시스는 오만 짜증이 치밀었다.

이놈들과 계속 힘겨운 싸움을 이어 갔다간 하이렌시아가
의 명예가 땅에 떨어질 터.

이내 그가 후방을 홱 하고 돌아본다.

"유리우스! 이따위 화염 장판일랑 집어치우고 합류해라!
타가엘 너도!"

시론과 세베론의 낯빛이 창백해진다.

유리우스와 타가엘의 마력권이 천천히 해체되고 있었기
때문.

그들은 이런 마력 해머 따위는 눈 감고 디스펠할 수 있을
정도의 강력한 마법사들이었다.

천적의 등장이었다.

천천히 산보하듯 걸어온 유리우스가 시론과 세베론을 향
해 이죽거렸다.

"히야— 마력 해머 같은 하급 술식으로 반대위상의 충격파를 생성할 줄이야! 이래서 난 신입생이 좋아. 머리가 신선하게 돌아가잖아?"

ㅊㅊㅊㅊㅊㅊ-

그 어떤 시동어나 수인도 없이 마력 얽힘 현상이 일어난다.

오직 염동력만으로 일으킨 그의 디스펠 마법은 단숨에 시론과 세베론의 마력 해머를 해제시켰다.

마력 해머 자체는 너무나 초급 술식이라 디스펠이랄 것도 없었다.

"후배님들이 이해해. 어쩌겠어. 하필 지금은 무투대회잖아? 이 위험한 공간에선 선배의 아량을 기대할 수 없다는 건 잘 알고 있을 거야."

한데 시론과 세베론이 묘하게 웃고 있었다.

점점 유리우스의 표정이 크라울시스와 비슷해져 갔다.

"……너희들 뭐냐?"

계속되는 기이한 반응.

더 이상 검술의 충격파를 상쇄할 수 없는 주제에 도대체 무슨 자신감으로?

"선배님들. 실수하셨어요."

타가엘의 차가운 눈이 세베론을 응시한다.

"무슨 실수를 했다는 거지?"

대답은 시론이 했다.

씨익.

"보자마자 끝냈어야지."

"뭐?"

띠디! 띠디! 띠디!

갑자기 알람 마법의 비프음 따위가 울려 오자 크라울시스가 인상을 찡그렸다.

"이건 또 무슨 소리야?"

그것은 세베론이 미리 시전해 둔 알람 마법.

"뭔 소리이긴요. 10분이 다됐다는 소리죠."

"10분?"

우우우우우우웅-

순식간에 경기장을 집어삼키는 불길한 공명음.

이내 모두의 뇌리 속에 루이즈의 강렬한 절대 언령이 들려왔다.

〈절대 권능 봉인.〉

마법사의 7위계.

노련한 마도사들의 증언에 따르면, 7위계에서 8위계로 올라서는 것보다 7위계 자체를 달성하는 것이 훨씬 어렵다고 전해진다.

평생 동안 7위계의 경지를 밟아 보지 못하고 죽는 마법사들도 부지기수.

그만큼 7위계의 문턱은 고위 마법사로 향하는 가장 치명적인 걸림돌이었다.

"……."

아카데미 역사상, 생도 단계에서 그와 같은 경지를 정복한 생도는 단 한 명도 존재하지 않았다.

마법 생도들에게 있어 닿을 수 없는 높이의 성, 그야말로 통곡의 벽.

〈절대 권능 봉인.〉

그래서 타가엘은 영언으로 들려오는 술식 언령을 마음으로 인정할 수가 없었다.

체내를 휘돌던 마력이 점점 잦아들어 더 이상 염동에 반응하지 않는 지경이 되고 나서도 도저히 현실을 받아들이지 못하고 있는 것이다.

"이건 말이……."

절대 권능 봉인.

7위계의 마법 중에서도 최고 단계의 술식.

디 포스(Deforce) 계열의 최상위 주문으로서, 특유의 엄청난 술식 난이도 때문에 대부분의 마법사들은 평생 동안 건드려 보지도 못했다.

디 포스 계열의 술식만큼 마법사의 특성을 타는 마법도 없었다.

높고 낮음을 단계나 경지로 나눌 수 없는 것이 바로 정신력.

디 포스 계열의 술식은 그런 시전자의 뛰어난 정신력에 고스란히 영향을 받는 마법이었다.

그러므로 선택받은 자의 마법.

마법 생도로서 이명 랭커 최상위에 있는 자신이었지만 디 포스 계열의 마법은 지금까지 생각조차 할 수 없었다.

"이거 아무래도 진짜인 것 같은데?"

당황하기는 유리우스도 매한가지.

기사 생도들의 반응은 조금 더 극적이었다.

"뭐, 뭐냐 이게? 왜 투기가 모이지 않는 거지?"

"내, 내 투기가!"

그것이 바로 절대 권능 봉인을 단순한 디스펠 마법으로 분류하지 않는 이유.

절대 권능 봉인은 일정 영역에 존재하는 모든 힘(Force)을 해제한다.

마력과 투기, 심지어 정령이나 수인들의 생기(生氣)까지도 영향을 받는 것이다.

이런 절대 권능 봉인의 디 포스를 압도할 수 있는 건 오직 7위계 이상의 마도사나 초인 기사들뿐.

일리온은 왠지 검이 무거워진 듯한 느낌까지 받았다.

"근력도 약해진 느낌이다."

타가엘의 타오르는 듯한 눈빛이 시론을 향해 짓쳐 들었다.

"이게 너희들의 해법인가?"

"아, 일단은."

타가엘은 시론의 묘한 미소를 이해할 수가 없었다.

절대 권능 봉인은 적과 아군을 가리지 않는다. 자신들과 마찬가지로 놈들의 마력 역시 모조리 봉인당한 것이다.

이제 남은 건 순수한 몸뚱이.

하지만 그런 무투 대결은 기사가 두 명이나 있는 자신들이 훨씬 유리했다.

그런데도 놈은 웃고 있었다.

시종일관 여유로운 표정은 놈의 친구도 마찬가지.

세베론이 수인을 떨쳐 내며 과장스럽게 하품한다.

"하아아암! 루이즈 녀석! 왜 이렇게 늦은 거야? 해 보지도 않은 연기를 하느라 힘들어 죽는 줄 알았네."

"……연기?"

"우린 열심히 시간을 끌었으니까요."

묘하게 웃고 있는 세베론.

어쩐지 이놈들의 미소가 그 하이베른가의 대공자 놈과 묘하게 닮아 있었다.

유리우스가 당황스러운 얼굴을 했다.

"시간을 끌었다? 고작 이런 상황을 만들기 위해?"

"저희로선 나쁘지 않은 상황이죠."

이놈들은 정말 치밀한 마법사가 맞는 건가?

마법사가 기사들의 무투 실력을 마법 없이 상대한다는 건 있을 수 없는 일.

"상황을 제대로 설명해라. 유리우스."

"아, 대공자님. 디 포스 계열의 술식입니다. 일정 영역 내의 마력이나 투기 따위의 모든 권능을 봉인하는 마법입니다."

주먹을 쥐었다 펴는 크라울시스.

"인간 본연의 근력은 상관없나 보군."

"근력이나 체력도 조금은 영향을 받긴 합니다만 마력과 투기보다는 상대적으로 덜합니다."

단숨에 상황 파악을 끝낸 크라울시스가 시론을 바라보며 마주 웃는다.

"네놈들, 죽으려고 작정을 한 것이냐?"

"아, 설마요."

천천히 뒤로 물러나는 시론과 세베론.

일리온은 그저 어이가 없어서 실없는 웃음밖에 나오지 않았다.

"주문쟁이답지 않은 얼빠진 녀석들이군. 마법을 모두 잃은 놈들이 기사를 상대로 거리를 벌리는 건 또 무슨 뜻이냐? 도망가서 책이라도 던지려고?"

"푸흐흐."

그렇게 크라울시스가 웃고 있을 때.

뭔가 불길함을 느낀 타가엘이 허공을 향해 두리번거렸다.

뭔가 이상한 기시감.

그러나 절대 권능 봉인으로 인해 마나 감응력 또한 사라진 상태.

타가엘이 크라울시스를 불러 세웠다.

"크라울시스 님! 잠시만요! 뭔가 이상합니다!"

단숨에 시론과 세베론을 아작 내려던 크라울시스가 슬쩍 뒤를 돌아본다.

"또 뭐가 이상하단 말이냐?"

"설명할 수는 없습니다만……."

마법사 감각을 설명할 수는 없었다.

"홍! 하여튼 주문쟁이들이란."

결국 크라울시스와 일리온이 그대로 시론과 세베론을 향해 뛰어들었고.

츠츠츠츠츠츠-

균열하듯 벌어지는 허공.

다프네가 지정해 놓은 위상 좌표계 속.

때를 기다리고 있던 메모라이징 탄환 마법이 그대로 발출된다.

촤촤촤촤촤촤!

저절로 생겨나듯 허공에 나타난 것은 커다랗고 성긴 마력 그물이었다.

주먹 하나 빠져나갈 수 없을 만큼 촘촘한 마력 그물이 그대로 크라울시스와 일리온을 향해 날아들었다.

"뭐, 뭐냐!"

촤아아아악—

짐승처럼 뛰어들다 마력 그물의 강한 저항을 받은 그들의 얼굴이 온갖 기괴한 모양으로 일그러진다.

탁탁—

새하얀 빛무리, '광휘의 그물'은 그대로 경기장 바닥을 강하게 파고들었다.

"메모라이징!"

"탄환?"

타가엘의 동공이 크게 벌어졌다.

메모라이징 탄환 마법.

메모라이징에 미리 마력을 투입해 특정 좌표계에 숨겨 놓고 일정한 상황이 발생하면 자동으로 구동되는 술식 조합.

메모라이징 술식에 필요한 엄청난 수준의 암기력과 연산력, 무엇보다 트랩 마법에 대한 높은 이해 없이는 흉내도 낼 수 없는 술식 조합이었다.

그때, 루타므의 영체 투구를 쓴 다프네가 천천히 경기장의 중심으로 걸어오고 있었다.

타가엘은 그녀를 보자마자 이 메모라이징 탄환 마법의 주인공이라는 것을 알아차렸다.

"다프네!"

현자의 후보생 시절.

함께 공부한 시간들이 있었기에 그녀의 술식을 곧바로 알아볼 수 있었다.

메모라이징 술식에 관한 한, 자신이 아는 어떤 마법사들보다도 무서운 존재.

그녀의 재능 앞에 몇 번이고 절망했던 타가엘은 그 옛날처럼 또다시 짙은 패배감에 사로잡혔다.

"너……!"

천천히 루타므의 영체 투구를 벗는 다프네.

그녀가 투구를 모두 벗자 타가엘의 세상이 다시 밝아진다.

웃고 있는 그녀의 얼굴은 언제나 자신의 모든 것을 해제시키는 악마적인 마력.

"뭣들 하는 거냐! 당장 이 그물을 없애라!"

연신 발악하고 있는 크라울시스.

하지만 강하게 경기장을 파고든 광휘의 그물은 꼼짝도 하지 않았다.

싱긋.

"이제 우리가 더 유리해진 것 같은데요 오빠?"

타가엘이 입술을 깨물며 경기장을 살핀다.

저 멀리 주저앉은 채로 이미지에 빠져든 무등위 여생도가 보였다.

아마도 그녀가 이 7위계의 절대 권능 봉인 마법을 펼친 원흉일 터.

하지만 역시 무리였는지 정신을 회복하기까진 상당한 시간이 필요한 듯 보였다.

그렇다면 한 명의 전력 이탈.

반면 자신들 쪽은 크라울시스와 일리온이 저 광휘의 그물을 빠져나오지 못하는 이상 두 명의 전력 이탈.

"마법사들끼리 육탄전이라도 해 보자는 거냐!"

"어머? 오빠답지 않게 그런 상상을 하셨나요? 천박하게."

"뭐……?"

유리우스가 타가엘을 밀어내며 차가운 눈을 빛냈다.

언제나 웃음과 여유를 잃지 않았던 그에게서 지금까지 볼 수 없었던 냉랭한 표정이었다.

획!

놀랍게도 유리우스는 체술을 익히고 있었다.

절묘한 동작으로 다프네에게 접근한 유리우스는 자신의 기다란 팔로 단숨에 그녀의 목을 휘감았다.

한데.

다프네가 일절 반응하지 않았다.

173

타가엘은 여전히 묘하게 웃고 있는 그녀를 향해 더욱 의구심을 담아 물었다.

"너라면 유리우스를 잘 알 텐데?"

저 경험 없는 무등위 생도들이라면 몰라도 입탑 마법사 다프네라면 유리우스가 어떤 인물인지 모를 수가 없었다.

"잘 알죠. 최초의 편입생."

생동하는 화염.

하지만 유리우스는 그 이명을 떨치기 전에 또 다른 이명을 지니고 있었다.

최초의 편입생.

그는 1등위 시절까지 기사 생도였다가 마법학부로 편입한 인물.

기사로서의 자질보다 마법에 대한 자질이 더 뛰어나다는 것을 알아차린 교수들의 설득에 그는 그렇게 최초의 편입생이 되었다.

역시 교수들의 예상대로 그는 3년 만에 다른 마법 생도들의 5년을 뛰어넘었다.

하지만 그렇다고 기사 생도로서 배웠던 것들을 잊은 것은 아니었다.

"그걸 알면서도 이런 상황을 만든다고?"

유리우스의 체술은 기사라면 몰라도 저 건방진 무등위 생도 둘쯤은 충분히 상대할 수 있었다.

"여전하네요. 오빠는."

어느새 무표정해진 다프네 얼굴.

"왜…… 항상 자신만 성장한다고 생각하는 거죠?"

"뭐……?"

다프네가 순식간에 보폭을 넓히며 아래로 꺼졌다.

갑자기 쑥 하고 다프네의 목이 빠지려고 하자 더욱 강하게 힘을 주려던 유리우스.

그러나 곧 하복부에서 엄청난 고통이 몰아쳤다.

퍼벅!

"유리우스!"

경악하는 타가엘.

그것은 강력한 롤링 어퍼였다.

대체 어떻게 유리우스의 완력을 풀어낸 건지 파악할 수가 없을 정도의 절묘한 동작.

다프네가 생긋 웃으며 두 주먹을 흔들고 있었다.

"시간은 늘 모두에게 공평한 법이죠."

"체, 체술을 익혔다고?"

"혈주투계라던가?"

루인은 혈주투계 고유의 권능을 가르칠 수는 없었어도 기본적인 형(形), 즉 기본 동작은 모든 생도들에게 가르침을 주었다.

다프네 역시 루인이 전수해 준 동작들이 뛰어난 체술의

체계라는 것을 본능적으로 느끼고 있었다.

"크으……."

뒤로 물러선 유리우스가 재빨리 곁눈질로 상황을 살폈다.

저 현자의 손자 놈과 그놈의 친구까지 모두 다프네와 똑같은 자세를 취하고 있었다.

상황이 좋지 않음을 직감한 것은 타가엘도 마찬가지.

한데 그때.

"크아아아아아아!"

일리온의 엄청난 기합성!

투툭! 투투툭!

경기장 바닥에 강하게 박혀 있던 그물들이 몇 가닥 투툭 뜯겨져 나왔다.

순수한 근력으로 광휘의 그물의 구속력을 돌파한 것.

그런 일리온의 괴력 앞에 다프네가 깜짝 놀라더니 곧 미묘한 표정을 했다.

"와, 저런 게 사람의 힘으로 가능하긴 하구나."

"크아아아아! 뭐라는 거냐! 주문쟁이 년!"

투투툭! 투투투툭!

지면으로 파고든 광휘의 그물이 절반가량 뜯겨 나오자 크라울시스가 재빨리 그물을 벗어나 검을 고쳐 잡았다.

"개 같은 놈들! 감히!"

마법 따위에 구속당했다는 분노는 잠시였다.

"그냥 가만히 계시지."

츠츠츠츠츠츠-

불길한 기운, 나직한 공명음에 기사 생도들이 일제히 허공을 향해 고개를 들었다.

그들이 본 것은 허공에 얽히는 전류 다발이었다.

그것이 그들이 의식을 유지하고 볼 수 있었던 마지막 장면이었다.

꾸르르릉!

지지지지직!

낙뢰 다발이 그대로 지면으로 작렬했다.

"커헉!"

"끄아아아아아!"

체인 라이트닝 샤워(Chain Lightning Shower).

강력한 뇌전이 지면을 휩쓸고 간 건 그야말로 순간.

그 짧은 순간에 강력한 기사 생도 둘이 시커멓게 탄 채로 쓰러져 버렸다.

"메모라이징 탄환 마법이 또 있었다고?"

멍하게 굳어져 버린 타가엘을 향해 다프네가 싱긋 웃었다.

"네? 그게 무슨 소리죠? 아직 여섯 발이나 더 남아 있는데."

"뭐……?"

우두둑-

고개를 좌우로 꺾으며 시론이 다가온다.

177

"아직도 상황 파악이 안 되시나."

씨익.

"당신들 지금 좆된 거야."

-잠깐! 경기 중단! 경기 중단입니다!

헬렌 교수의 다급한 목소리에 달려들던 목소리 생도들이
일제히 멈춰 섰다.

시론이 관중석의 상단부, 주최 측을 바라보며 인상을 찡그
렸다.

경기 중단을 상징하는 백색의 깃발이 다급하게 펄럭이고
있는 것이다.

**-방금, 전격계 마법에 적중당한 두 기사 생도들에게 심판
전원이 전투 불가 판정을 결정했습니다! 참고로 이미지 상태
에서 빠져나오지 못하고 있는 무등위 마법 생도에게도 전투
불가 판정이 내려졌었다는 것을 알려 드립니다!**

세베론의 얼굴이 점점 환해진다.

잊고 있던 무투대회의 규정이 떠오른 것이다.

"시론! 선배들 세 명이 전투 불가 판정을 받았어!"

"음?"

"루인과 함께 들것에 실려 나간 브홀렌 선배가 이미 전력 외, 즉 전투 불가 판정을 받은 상태잖아! 거기에 저 두 선배까지 포함된다면……!"

"전투 불가 판정이 셋?"

"그래! 전투 불가 판정이 셋이 되면 몰수패잖아!"

"오오오오!"

-왕립 무투대회의 규칙 제3조 1항에 의거, 생도들의 안전을 위해 크라울시스 생도의 백팀에게 몰수패를 선언합니다! 우승자는 청팀! 무등위 생도들입니다!

우와아아아아아-!

약자를 응원하고 싶은 것이 인간의 본능.

아직 1등위 견장도 받지 못한 무등위 생도들이 정말로 우승을 해 버렸으니 관중들의 흥분은 최고조에 다다랐다.

무려 하이렌시아가의 대공자와 최상위 랭커들을 상대로 루인이 없는 상황에서 승리를 따낸 것이었다.

그야말로 대이변!

"……."

"……."

연신 환호하고 있는 군중들을 멍하니 바라보고 있는 타가엘.

늘 여유로웠던 유리우스 역시 처참하게 얼굴을 일그러뜨리고 있었다.

극도의 치욕.

마력권(魔力圈)을 떨친 것 외에는 뭐 하나 제대로 해 본 것이 없었다.

전략의 부재.

팀의 전술을 지휘했던 크라울시스가 모든 것을 망쳤다.

전방으로 나선 무등위 생도들을 가볍게 제압하겠다고 호언장담했던 그와 일리온이 처참하게 통구이가 된 채로 쓰러진 것도 문제였지만.

더 큰 문제는 아무런 대비나 전략도 없이 소극적인 대응으로만 일관했던 빈약한 전술이었다.

반면 무등위 생도들은 철저하게 준비된 전략을 구사했다.

극한으로 활용된 마도구, 철저한 시간 계산, 모든 상황을 단숨에 뒤집어 버린 절대 권능 봉인, 마지막으로 메모라이징 탄환 마법으로 쐐기를 박는 대미까지……

그야말로 무등위 생도들에게 제대로 손도 한 번 써 보지 못하고 일방적으로 패배해 버린 것이다.

'빌어먹을!'

마력권을 접고 조금만 더 일찍 전방으로 합류했다면 이렇게까지 허탈하게 패배하지는 않았을 것이다.

단 한 명만이라도 후방을 교란했다면!

절대 권능 봉인의 발동만 막을 수 있었다면!

차라리 크라울시스의 명령을 처음부터 무시했다면!

그의 머릿속에 온갖 미련이 어지럽게 맴돌았다.

"으아아아아!"

갑자기 비명을 지르는 유리우스.

마도(魔道)를 향유하는 마법사로서, 전략적으로 일방적인 패배를 당했다는 것이 너무나 수치스러웠던 것.

"우리가 해냈어요!"

"루인 없이 우리가 정말 이겼다구!"

반면 함께 얼싸안고 방방 뛰고 있는 무등위 생도들.

우승자의 영광을 품에 안고 아카데미의 대미를 장식하려고 했던 이명 랭커들은 관중을 향해 예도 보이지 않고 경기장 밖으로 걸어갔다.

"끄아아아아아!"

뒤늦게 깨어난 크라울시스의 울부짖는 소리가 한참 동안 베스키아 리움을 휘감았다.

인간의 육체를 회복하는 데 있어 최고의 효과를 보여 주는 권능은 일반적으로 신관들의 신성력이었다.

그러나 그것은 흑마법을 모르는 인간들의 선입견.

억겁의 시간 동안 생명력에 담긴 힘을 집중적으로 연구해 온 마족들은 육체를 복구하는 다양한 방법들을 완성해 냈다.

그중 하나가 바로 마고수면(魔枯睡眠).

생존에 필요한 최소한의 에너지만 유지하며, 다른 모든 에너지를 육체의 복구에만 쏟아붓는 다소 극단적인 치유법.

문제는 그런 마고수면에는 치명적인 단점이 있다는 것이었다.

외부의 공격에 극도로 취약해지는 것.

다행히 이곳은 위험천만한 마계가 아니라 인간계였고, 마법 생도들의 기숙사 역시 함부로 방문하는 불청객이 없었다.

'……어색하군.'

루인은 다소 기괴한 자세로 명상하고 있었다.

마족의 육체에 적용되던 마고수면을 인간이 펼칠 수 있도록 개량한 방법이니 불편한 자세는 어쩔 수 없었다.

'더뎌.'

마고수면의 뛰어난 효과를 감안하면 회복 상황은 그다지 좋지 못했다.

청염의 가공한 열기도 한몫했지만, 그보다는 갑작스런 급랭으로 인한 괴사가 더욱 정도가 심했다.

하지만 어쩔 수 없었던 것이, 청염의 잔열을 막아 내지 못하면 죽을 수밖에 없는 위험한 상황이었다.

마음이 급했다.

자신이 빠진 팀의 상황은 어떤지.

검성과 샤이로벨은 무사한지.

남부와 갈등을 벌이기 시작한 하이베른가는 잘 해내고 있는지.

갑작스럽게 많은 마정석을 확보하게 된 소울레스가의 반응은 어떨지.

1왕자 아라혼의 협박을 받고 있는 국왕 데오란츠는 어떤 타개책을 모색할지.

자신의 마장기를 파악한 은퇴 집단은 어떤 반응을 해 올지 등.

그야말로 온갖 상념이 어지럽게 어울려 머리가 터져 버릴 것만 같았다.

한 번도 이 정도로 불안한 적은 없었는데 오늘은 이상할 정도로 마음을 다스릴 수가 없었다.

'샤이로벨……'

상념의 끝에 찾아온 감정은 공허함이었다.

만 년 이상 함께한 녀석이 곁에 없다는 것.

자신에게 달라진 것이 있다면 오직 그 하나뿐이었다.

루인은 웃고 말았다.

필멸자인 인간이 마신을 걱정한다는 건 상식적이지 않은 일이겠지만 그래도 놈이 염려되는 건 어쩔 수 없었다.

아무리 놈이 마신이라 해도 혼자다.

최전성기를 구가하고 있는 강대한 세력, 대공가 렌시아가를 단독으로 방문한다는 건 극도로 위험하다.

더욱이 정찰이나 탐색이 아닌, 녀석의 임무는 검성과 성녀의 확보.

반드시 전투가 일어날 것이었다.

물론 녀석이 인간과의 전투에서 패배한다는 생각은 상상하지 않는다.

문제는 마신의 존재감을 느끼고 찾아올 존재들과 드래곤, 그리고 악제의 추종자들이었다.

인간계에서 마신 쟈이로벨이 활동하고 있다는 사실을 악제가 파악한다는 건 반드시 리스크로 돌아올 터였다.

상대는 인류의 모든 역사를 관찰해 온 태초의 마법사.

그런 무시무시한 대마도사에게 미리 정보를 내어 준다는 건 자살행위에 가까웠다.

생각이 깊어질수록 모골이 송연해졌다.

자신 역시 만 년 이상을 지나온 대마도사였으나 그 시간의 대부분은 공허(空虛) 속에서의 명상.

하지만 악제의 생애는 차원이 달랐다.

전 생애를 인간들의 문명과 얽히며 살아온 존재.

인간이 굽이쳐 지나온 모든 영광과 몰락을 지켜본 초월자.

그런 악제의 경험은 단순히 상투적으로 '경험'이라 말할 수 있는 수준이 아니었다.

그는 역사의 대변자이며 문명의 관찰자.

절대로 자신과 같은 수만 년을 살아온 대마도사, 동등한 위상으로 평가할 수 없는 존재였다.

절대적인 시간만으로 비교하기엔 경험의 간극이 너무나 큰 것이다.

전생의 악제가 막연한 두려움이었다면 이제는 그 실체가 명확해진 상황.

역시 드러난 악제의 진면목을 살피면 살필수록 내내 아득해지기만 했다.

대체 놈의 지혜는 어떤 수준이란 말인가?

놈이 집대성한 지혜, 놈의 완성된 자아를 감히 가늠할 수가 없었다.

마법사가 수명을 초월해 고작 백여 년 이상만 살아도 마도사로 불리는데, 놈은 인류의 역사 그 자체인 존재.

신(神)이라 불러도 이상하지 않을 그런 미친 존재였다.

삐이- 삐이-

갑자기 기숙사 주변으로 펼쳐 놓은 알람 마법이 공명음을 일으킨다.

자신은 지금 일종의 반 가사(假死) 상태.

여기서 의식을 회복하고 마고수면을 풀면 한동안은 다시 마고수면을 할 수가 없었다.

회복이 그만큼 더뎌지는 것이다.

-의료진과 신관의 치료를 거부하고 돌아갔다면 벌써 모두 회복한 건가?

-아무리 루인 님이라고 해도 그건 무리지 않을까요? 그 푸른 불꽃…… 처음 보는 형태의 마법이었어요. 위력도 엄청난 것처럼 느껴졌고요.

-쉿! 조용해! 이미지를 하고 있을지도 모른다구!

-힝! 빨리 소식을 알리고 싶은데…….

루인은 마고수면 자세를 풀고 가수면에서 깨어났다.

목숨이 위험한 상황은 벗어났다.

동료의 방문을 물리칠 정도는 아닌 것이다.

"크으으으……."

상상할 수 없는 고통이 밀려왔지만 녀석들의 얼굴을 보자 기분 좋은 웃음이 흘러나왔다.

"루인!"

"괜찮아요?"

루인은 말없이 웃고 있었다.

밝은 얼굴들.

굳이 듣지 않아도 알 수 있었다.

녀석들이, 아니 우리가 승리했다는 것을.

"이겼군."

"네!"

"어, 어떻게 알았지?"

깜짝 놀래킬 작정으로 찾아온 시론은 다소 허탈한 표정.

"얼굴에 다 쓰여 있는데."

"……내 얼굴에?"

"아니, 모두의 얼굴에."

루인이 찬찬히 목소리 생도들 한 명 한 명을 응시하며 읊조리듯 입을 열었다.

"고생했다. 다들."

그 한마디에, 시론은 하마터면 울음을 터뜨릴 뻔했다.

더없이 간결한, 감정 없는 한마디에 불과했지만 그건 마치 그간의 지독한 고생을 한꺼번에 보상받는 기분.

< 다 루인 님 덕분이에요. 고마워요. >

루이즈가 다가가 루인을 향해 고아하게 무릎을 굽혀 인사했다.

루인이 그녀의 등을 토닥였다.

"말해 줘. 너희들이 어떻게 싸웠는지."

< 아! 그건……. >

루이즈는 꽤 상세하게 전투 과정을 루인에게 말해 주었다.

루이즈의 절대영언이 이어질수록, 무심한 루인의 표정에 미묘한 빛이 번져 가고 있었다.

"음……."

절대 권능 봉인과 같은 디 포스 계열의 술식은 마도사의 영역에서도 쉬운 마법이 아니었다.

루이즈의 발전 속도는 그야말로 무서울 지경.

어쩌면 그녀의 마도(魔道)가 과거와 차원이 다른 수준으로 성장할 가능성이 보였다.

명백히 다른 시간선.

더 이상 루인은 역사의 개입을 걱정하지는 않았다.

"잘했다. 그리고 너희들도."

시론이 어깨를 우쭐거리며 피식거렸다.

"오늘 왜 이렇게 칭찬이 잦아? 사람이 갑자기 달라지면 죽을……."

"시끄러워요! 아픈 사람한테 그게 할 말이에요?"

"다, 다프네!"

그때, 루인의 축객령이 이어졌다.

"다들 돌아가라. 특히 루이즈는 한동안 모든 훈련에서 열외다. 단계를 뛰어넘는 마법을 펼쳤으니 한동안 상념을 모으는 게 힘들 거야. 정신을 회복하는 것이 급선무다."

〈 알겠어요. 〉

시론이 방을 나가면서 말했다.

"시상식은 사흘 뒤다."

"그래."

한데 그 순간.

루인의 알람 마법에 또 다른 인기척이 감지되었다.

삐삐삐삐-

아까 전보다 훨씬 좁은 간격의 비프음.

마력 감응이 이 정도로 강하다면 방문자의 경지가 상당하다는 뜻이었다.

하지만 루인의 표정에 별다른 변화가 없었다.

오히려 그의 눈은 반가움으로 젖어 가고 있었다.

익숙한 마력의 파장.

"어? 너는?"

"비스토?"

비스토, 아니 쟈이로벨이 문을 열고 들어와 비릿하게 웃고 있었다.

"……검산?"

그가 등에 업고 있는 이, 윌켄이었다.

그제야 루인은 모든 불안을 떨쳐 내고 마음을 다스릴 수 있었다.

검성의 안전이 다시 확보된 것이다.

그때 쟈이로벨이 자신의 등 뒤를 시선으로 가리켰다.

"반가운 얼굴을 데려왔다."

피식.

"월켄을 여기 내 자리에 눕혀라."

"이놈 말고 한 명 더."

"뭐?"

스스스스-

촛불에 의해 흔들리던 쟈이로벨의 그림자에서 무언가가 천천히 일어난다.

모든 기척과 자취를 감춘 채 모두를 지켜보고 있던 존재.

"……아르디아나!"

오묘하게 반쯤 감긴 에메랄드빛 눈동자.

특유의 감정 없는 눈빛, 속을 알 수 없는 그녀만의 표정은 그 옛날 그대로였다.

늙지 않는 성녀, 아르디아나.

신의 의지와 이어진 유일한 인간.

인류의 절멸 앞에 스스로 몸을 내어 준 그 희생의 이름이, 그 위대한 성녀(聖女)가 눈앞에 있었다.

하지만 루인은 쉽사리 입을 열지 못했다.

그녀는 방금 쟈이로벨의 그림자에서 솟아났다.

그녀가 왜 군단장들의 권능 중 하나인 그림자를 다루는 능력을 보유하고 있는지 즉각적으로 받아들여지지 않았다.

성녀가 악제의 군단장이라고?

가능성이 없는 건 아니지만 이렇게 보는 눈이 많은 자리에서 굳이?

그렇게 루인은 모든 의문을 담아 샤이로벨을 바라보았다.

"설명해."

샤이로벨이 생도들을 힐끔거렸다.

"이 아이들 앞에서 말이냐?"

"상관없다."

목소리 생도들을 이번 생의 동료로 받아들였다.

그런 확신 이후 루인은 굳이 자신의 일들을 숨기지 않았다.

비세울리스의 기억 조작 마법을 막은 것도 그 때문이었다.

"보는 그대로다. 윌켄을 구출했고 아르디아나의 신변을 확보했다. 그녀는 친히 이 녀석의 청염을 없애 주겠다더군."

샤이로벨의 태도가 뭔가 이상했다.

그의 말대로 윌켄과 아르디아나가 눈앞에 있었지만 뭔가를 숨기고 있는 태가 너무 노골적이었다.

"이해가 되지 않아. 아무리 너라고 해도 이렇게 쉽게……."

다름 아닌 렌시아가다.

윌켄은 직계 성을 하사받은 렌시아가의 혈족.

샤이로벨이 그런 혈족을 납치하려 들었을 땐 틀림없이 렌시아가는 모든 역량을 동원해 그를 막아섰을 것이다.

"너 설마 봉인을 풀고……?"

"이 샤이로벨이 고작 인간 따위를 상대하는 일에 맹약까지 저버릴 거라 생각하는 거냐?"

적어도 샤이로벨은 함부로 거짓을 일삼는 마족은 아니었다.

녀석의 드높은 자존감은 마신 그 이상이었으니까.

그런 샤이로벨이 이렇게 뻔뻔하게 나온다는 것이 루인에게는 참으로 이질적인 감정으로 다가오고 있었다.

"이런 허술한 거짓말이라니 너답지 않군."

강렬한 눈빛의 루인이 이내 방 한편에 놓여 있는 궤짝을 응시하며 미묘하게 웃고 있었다.

한데 샤이로벨은 의외로 꿈쩍도 하지 않았다.

"그 협박도 지금은 통하지 않는다. 나로선 어쩔 수 없다 루인. 이게 최선이다."

"최선?"

므드라의 서사시 앞에서도 이렇게 뻔뻔하게 나올 수가 있다고?

샤이로벨의 성향을 누구보다 잘 알고 있는 루인으로선 믿을 수 없는 일.

"그만. 난 쉬고 싶다."

스스스스-

비스토의 몸에서 흘러나온 검붉은 기운이 서서히 루인의 몸에 흡수되고 있었다.

다시 의식을 되찾은 비스토가 이내 처참한 비명을 내질렀다.

"끄아아아아아아아!"

쟈이로벨은 비스토의 육체를 마치 자신의 진마강체처럼 다루었다.

연약한 인간의 몸으로는 결코 감당할 수 없는 권능을 다루었으니 그 후유증은 참혹한 것이었다.

당연히 상상할 수 없는 격통이 그의 온몸을 지배하고 있었다.

"끄으으으……."

결국 혼절해 버린 비스토와 그런 광경을 멍하니 바라보고 있는 생도들.

말로만 듣던 흑마법이 바로 눈앞에서 재현되었다.

리리아가 심각한 표정으로 루인을 바라보았다.

"지금까지 너에게 한 번도 의문을 가지지 않았다."

리리아의 눈빛은 온갖 복잡한 감정으로 얼룩져 있었다.

"……너 흑마법사였나?"

리리아는 루인의 많은 것을 보았다.

하이베른가에서는 악제의 사념을 직접 보기까지 했으니까.

그런 걸 보았을 때도 별다른 의문을 품지 않은 그녀가 이렇게까지 말한다는 것.

그것은 그녀가 흑마법을 극도로 증오하기 때문이었다.

대대로 어브렐가는 많은 혈족들이 멸화의 저주에 절망하며 흑마법의 유혹에 빠져들었다.

그런 비극의 역사를 배워 온 리리아는 누구보다 흑마법을 경계하는 마법사였다.

씨익.

"그래 보이나?"

"……."

리리아는 대답할 수 없었다.

절망하는 자, 욕망하는 자, 갈구하는 자.

마족들은 그런 인간들에게 찾아와 유혹하고 제물로 삼는다.

하지만 루인은…….

"반성이 되는군. 내가 마족의 인형으로 살아가는 마법사처럼 보였다니."

아직도 리리아는 언니의 생명을 살리기를 염원했을 때 은밀하게 자신의 심상 세계를 침범한 불청객을 기억하고 있었다.

그 은밀한 존재는 끈질기게 유혹을 속삭였다.

언니를 살려 주겠노라고, 너에게 힘을 주겠노라고.

그러나 그 대가가 무엇인지 누구보다 잘 알고 있는 리리아는 그런 욕망의 존재를 끝까지 머나먼 의식 너머로 밀어냈다.

열한 살의 자신도 할 수 있었던 일을 저 무시무시한 루인이 해내지 못했다는 건 말이 되지 않았다.

그때 시론이 끼어들었다.

"하지만 루인. 방금 건 누가 봐도……."

"내 염동력은 이해가 되고?"

"그건……."

"지금 너희들이 착용하고 있는 마도구들은?"

"……."

"내 마장기는?"

그러고 보니 그의 모든 것이 의문투성이.

무시무시한 헤이로도스 술식과 염동력, 나이를 믿을 수 없는 마도사의 의식 체계, 미지의 아공간에서 쏟아지는 모든 것들이 그의 불가사의였다.

천천히 걸어간 루인이 아르디아나 앞에 멈춰 선다.

아무런 반응 없이 자신을 바라보고만 있는 성녀를 향해 루인은 그렇게 첫마디를 꺼냈다.

"윌켄의 청염을 없애 준다고?"

역시 무표정하게 고개만 끄덕이는 아르디아나.

"청염이 뭔지 알고는 있나?"

"멸망의 파편. 욕망의 사념."

역시 정확하게 알고 있다.

끝없는 의문들이 뇌리를 맴돈다.

왜 군이 하녀로 위장해서 렌시아가에 숨어들었는지, 군단장의 능력은 어떻게 쓸 수 있는 건지, 월켄과 접촉한 의도는 무엇인지…….

묻고 싶은 것은 너무나 많았지만 역설적이게도 아무것도 입에서 흘러나오지 않았다.

지금은 그저 그녀의 익숙한 남부식 사투리를 들을 수 있는 것만으로도 반가웠다.

"그래. 고맙군."

결국 루인은 군단장의 능력을 쓰는 이유도 악제와의 관계도 그녀에게 묻지 않았다.

그런 질문들이 아무런 의미가 없는 걸 경험으로 알고 있기 때문이었다.

성녀는 언제나 해야 할 일만 하는 그런 사람.

지금은 단지 그녀의 마지막 미소를 추억하고 싶었다.

처음이자 마지막으로 자신에게 지어 주던 성녀의 웃음.

인류를 위한 자기희생, 그 성결한 선택을 기억하는 이상, 루인은 함부로 그녀를 의심할 수가 없었다.

그런 오묘한 분위기가 어색했는지 시론이 다가왔다.

"루인. 누구지?"

대답은 아르디아나에게서 흘러나왔다.

"아르디아나."

그렇게 대답하던 그녀가 월켄에게 다가가 그의 이마에 손을 갖다 댔다.

두 눈을 감고 의식에 잠기던 아르디아나는 다시 루인을 무심히 응시했다.

"청염은 사라졌다."

루인은 허탈한 웃음이 터져 나올 수밖에 없었다.

청염을 제거했다?

이토록 당황스러울 정도로 간단하게?

하지만 성녀는 허언을 하지 않는 사람.

그녀가 없앴다면 진짜 없어진 것이었다.

"이제 막 발아를 시작한 초기 청염. 굳이 나의 성광(聖光)까지 필요가 없었다."

여전히 무표정한 얼굴로 일어난 아르디아나는 곧장 뒤로 돌아섰다.

"그럼 이만 돌아가겠다."

묘해지는 루인의 표정.

성광(聖光)을 익혔다면 그녀는 이미 전능의 영역에 다다라 있을 것이다.

월켄의 초기 청염을 치료하고자 했다면 지금처럼 간단하게 권능을 동원하면 그만인 것이다.

그럼에도 아르디아나는 굳이 이 먼 길까지 찾아왔다.

분명 다른 목적이 있을 텐데 그 목적을 짐작할 수 없었다.

"렌시아가에 다시 가야만 되나?"

무심히 뒤돌아보는 아르디아나.

"꼭 해야 할 일이 있다."

이번에도 때가 되어 모든 인간들이 절망하고 있을 때 인류연합 진영에 찾아오려는 건가?

그녀에게 어떤 질문도 의미 없다는 걸 알고 있었지만 이번만큼은 루인도 묻지 않을 수가 없었다.

"청염을 치료하려는 목적뿐이었다면 왜 굳이 이 먼 곳을 찾아온 거지?"

역시 대답하지 않는 성녀.

그녀는 어떤 의문에도 대답하지 않는 사람이었다. 그녀 스스로가 필요하다고 판단하지 않는 이상.

"그래. 알겠다. 다시 보는 날이 곧 오겠지."

루인의 손 인사를 받고도 아르디아나는 한참을 움직이지 않았다.

루인이 말없이 그녀의 뒷모습을 응시하고 있을 때 놀랍게도 그녀의 입에서 대답이 흘러나왔다.

"한 번 보고 싶었다."

당혹한 루인의 얼굴.

"뭐?"

"그는 인간을 위해 살아가는 존재가 아니니까."

분명 쟈이로벨을 말하는 것일 것이다.

그런데 그의 정체까지 알고 있었다고?

"놈이 어디까지 말한 거지?"

쟈이로벨은 이미 자신의 영혼 깊숙이 숨어 버린 상황.

만약 쟈이로벨이 자신의 회귀를 짐작할 수 있는 말을 늘어 놓았다면 그야말로 큰일이었다.

자신의 회귀는 세계의 섭리를 흔들어 놓을 수 있는 대사건.

이미 아버지와 데인이 눈치를 챈 것만으로도 극도로 불안한 지경이었다.

회귀의 비밀이 여기서 더 새어 나간다면 최악의 경우 멸망의 때가 더 앞당겨질 수도 있었다.

"······."

말없이 루인의 시선을 외면하는 아르디아나.

턱.

루인이 그녀의 어깨를 잡는다.

"그래서 나를 본 소감은?"

루인과 시론, 그리고 동료들 모두가 그녀를 쳐다보고 있었다.

아르디아나가 짧게 심호흡을 하더니 다시 뒤로 돌아섰다.

"조급해 보이지 않아서 좋았다."

"······."

모두를 찬찬히 훑어보는 아르디아나.

"그리고 기뻤다. 새로운 인연과 웃으며 어울리는 당신이. 아마도 모두가 바랐을 것이다."

"아, 아르디아나?"

루인은 사고가 정지되는 듯한 충격에 휩싸였다.

그녀가 마치 자신의 과거를 아는 듯이 말하고 있었기 때문.

게다가 성녀의 태도는 단순히 자신의 과거를 아는 것으로 끝나지 않았다.

마치 자신과 같은 경험을 공유하는 듯한 뉘앙스.

그렇다면 성녀도…….

'시간 회귀'를 했단 말인가?

"설마 당신……?"

예의 무심하게 고개를 가로젓는 아르디아나.

"나는 그대와 다르다."

"……뭐가 다르다는 거지?"

순간, 그녀의 눈빛이 변했다.

"아직은 말해 줄 수 없다. 다만 말하고 싶은 것은…….'

"…….'

"더 이상은 날 의심하지 않았으면 좋겠다. 나는 언제나 인간을 사랑하니까. 그리고…….'

그녀의 모호하고 아득한 눈빛이 루인의 영혼 깊숙한 곳을 바라보고 있었다.

"반드시 그를 지켜라. 어쩌면 그대보다 그가 우리의 더 큰 희망일지도 모른다. 그대도 알겠지만 청염(靑炎)은 어둠의 파편. '태초의 어둠'을 가장 잘 이해하고 있는 건 그들이다."

아르디아나가 다시 뒤돌아섰다.

"렌시아가는 걱정하지 않아도 된다. 그곳에 드리운 절대악
의 파편은 이 아르디아나가 모두 도려낼 것이다."

절대악, 태초의 어둠.

그녀는 한 번도 악제를 언급하지 않았다. 오직 발카시어리
어스를 상징하는 단어만을 늘어놓을 뿐이었다.

"내가 아는 성녀가 맞다면 하나만…… 하나만 대답해 줘."

대답 없이 걸어가는 아르디아나.

루인의 힘없는 음성이 그녀의 귓가로 날아들었다.

"……후회한 적은 없었어?"

지금도 잊을 수 없었다.

흐릿하게 산화되어 가던, 환하게 웃는 그녀의 얼굴을.

아르디아나가 루인을 쳐다보지 않은 채로 말했다.

"한 번도."

그녀의 어깨가 떨린다.

"후회 따윈 한 번도 없었다. 루인."

루인.

성녀 아르디아나에게 처음 듣는 호칭.

그렇게 형용할 수 없는 감정으로 루인은 소리 없이 울고 있
었다.

Chapter. 48

아르디아나가 떠난 후.

시론과 다프네를 중심으로 맹렬한 질문 공세가 이어졌다.

루인은 묵묵히 그들의 질문을 모두 받아 주었다.

필요할 땐 자세하게, 민감한 미래에 관해서는 간결하게.

루인은 회귀의 비밀을 제외한 거의 모든 사실에 대해서 전달해 주었다.

생도들의 놀라움은 대단한 것이었다.

특히 세계를 멸망시키려는 악제와 그를 따르는 비밀스러운 추종 집단이 존재한다는 건 어린 그들에게 큰 충격이었다.

"그럼 그 '군단장'이라는 놈들의 경지는 어느 정도지?"

"대부분이 상위 경지의 초인 이상. 중심인물들은 모두 초월자들이다."

"초월자……?"

그것은 이름 모를 초인만 등장해도 왕국이 뒤집어지는 현실 속에 사는 생도들에게는 쉽게 와닿는 경지가 아니었다.

초월자(超越者).

천 년에 한 번 나타나기도 힘든 이름.

역사 속의 테아마라스나 헤이로도스와 같은 대마도사.

혹은 대륙의 전설적인 기사 패왕 바스더나 동쪽 대륙의 무신 '료칸' 정도만이 다다른 세계를 초월한 경지.

심지어 르마델의 역사 속에서 신성시되는 이름, 가장 강력한 기사라고 평가받는 르마델의 초대 국왕 소 로오 르마델이나 초대 사자왕조차 초월자는 아니었다.

한데, 그런 역사 속의 영웅, 고대 위인과 같은 존재들이 군단 내에 수도 없이 포진되어 있다고?

시론은 너무 현실감이 느껴지지 않아서 당황스러웠다.

"동시대에 그렇게 많은 초월자들이 어떻게 탄생될 수 있는 거지?"

"악제의 청염이 가능케 한다."

기이한 눈빛으로 정신을 잃고 있는 월켄을 바라보는 다프네.

"이 기사분이 그 청염이란 것에 당했던 거죠?"

"그래."

세베론이 고개를 갸웃거린다.

"그래도 초월자의 가능성이 생기는 건데……."

강렬하게 타오르는 루인의 눈빛.

"헛소리. 무늬뿐인 초월자다. 자아가 사라진 인형으로 사는 것에는 어떤 의미도 부여할 수 없다."

〈고마워요. 모두의 질문에 친절하게 대답해 줘서. 하지만…… 두렵네요. 〉

적요(寂寥)하는 마법사가 군단장들의 진면목 앞에서 두려움에 떨고 있다니.

군단장들의 소스라치는 공포, 그 무시무시한 루이즈의 소싯적 모습을 보는 것은 언제나 즐거운 일이었다.

그렇게 루인이 조용히 웃고 있을 때 루이즈의 첫 질문이 이어졌다.

〈그 마장기…… 혹시 루인 님이 직접 만든 건가요?〉

고개를 흔드는 루인.

"아니. 아무리 나라도 그건 무리지."

루이즈는 마치 다행이라는 얼굴을 하고 있었다.

이내 허공에 술식 회로를 수놓는 루이즈.

루인의 얼굴에 놀라운 감정이 스쳤다.

그녀가 허공에 그린 회로가 쟈이로벨의 마장기 '진네옴 투드라'의 외부 장갑에 새겨진 술식의 일부였기 때문.

그렇게 루인이 허공에서 은은히 발광하고 있는 회로를 살피다가 루이즈를 응시했다.

"그 짧은 순간에 이 복잡한 술식을 모두 외웠다니…… 대단하군."

무려 마신 쟈이로벨의 초고위 술식.

극도로 미세한 선들이 수도 없이 뻗어 복잡하게 얽혀 있는 회로.

그 긴박한 상황에서 이 모든 걸 눈에 담았다는 건 대단한 일이었다.

〈그만큼 충격적이었으니까요.〉

"충격적?"

항상 차분함을 유지하던 루이즈의 절대 언령이 떨리고 있었다.

〈이 술식은…… 인간계에 남아 있는 몇 안 되는 마왕의 유물이에요.〉

루이즈는 무심하게 자신을 바라보는 루인의 두 눈을 힘겹게 직시했다.

〈말해 주세요. 고대의 인간계를 피로 물들인 마왕 발푸르카스의 '파멸 술식'이 어째서 그 마장기에 새겨져 있는 것인지…….〉

그건 당연한 일이다.

쟈이로벨이 홀로 마장기를 만든 건 아니니까.

인간들의 마장기 설계도를 확보한 쟈이로벨은 몇몇 휘하 마왕들과 함께 협력하여 연구했다.

특히 전방 장갑에 새겨진 초질량 역전 필드의 술식 설계는 마왕 발푸르카스의 작품.

당연히 그 술식에는 그의 마도적 역량이 잔뜩 들어가 있었다.

루인은 먼저 궁금한 것이 있었다.

"고대에 강림했던 마왕의 술식을 네가 어떻게 알고 있는 거지?"

〈마왕 발푸르카스의 흔적이 아니라고 말할 생각이라면 그만하시는 게 좋을 거예요.〉

"그렇게 말한 적은 없는데."

잠시 침묵하던 루이즈에게 충격적인 대답이 흘러나왔다.

〈전 마헤달의 후손이에요.〉

용사 마헤달.

마왕 발푸르카스와 최후까지 맞서 싸웠던 그 용감한 이름.

지금도 대륙 곳곳에 그의 동상이 남아 있을 정도로, 그의 희생과 투지, 영웅적인 위업은 아직도 많은 사람들에게 영감이 되어 주고 있었다.

이건 과거에도 그녀가 한 번도 말하지 않았던 사정.

이렇게 또 루이즈를 알아 간다.

그녀가 왜 그토록 치열하게 악제군과 맞서 싸웠는지 이제야 조금은 알 것 같았다.

시론이 충격적으로 굳어져 있었다.

"마, 마헤달의 후손이라고?"

마헤달은 패왕 바스더나 헤이로도스처럼, 한 왕국이나 특정 지역에 국한되는 영웅이 아니었다.

전 대륙적으로 유명한 위인.

시론은 이해할 수 없었다.

마헤달의 가문이라는 사실을 밝히면 막대한 명성을 얻을 수 있을 텐데도, 루이즈는 아카데미에서 한 번도 그런 사실을 언급한 적이 없었다.

〈무슨 의미가 있겠어요. 천 년이 넘는 시간이 흘렀는
데…….〉

그녀의 착잡한 태도로 미뤄 보아 그녀와 그녀의 가문에 많
은 사정이 있었다는 것을 루인은 짐작할 수 있었다.

침잠한 눈, 한참을 고민하던 루인은 결국 고개를 끄덕이고
말았다.

"그래. 내 마장기의 출처는 마계, 쟈이로벨이라는 마족의
물건이다."

역시 루이즈가 아닌 리리아가 가장 먼저 민감하게 반응했
다.

"지금까지 날 기만했단 말이냐!"

리리아뿐만이 아니다.

시론과 다프네, 루이즈와 슈리에 모두의 눈빛이 맹렬하게
타오르고 있었다.

이들 역시 마계의 침공에 맞서 힘겹게 싸워 온 인간들의 후
손.

그런 피의 역사를 소싯적부터 배워 온 혈기 왕성한 생도들
이었다.

루인은 차분하게 동료들을 바라보았다.

물론 막연한 적대감이 악제와 맞서 싸우는 데 큰 도움은 되진 못할 것이다.

　하지만 저 이글거리는 감정들, 분노로 타오르고 있는 녀석들의 눈빛은 결코 평범하지 않았다.

　오히려 루인은 기꺼웠다.

츠츠츠츠츠-

　희미한 혈우의 구름이 너울거리는 핏빛 동체를 그려 낸다.

　너무나도 잔혹하고 섬뜩한, 괴기스러운 표정으로 일그러진 샤이로벨의 등장은 모두의 숨을 멎게 만들기에 충분했다.

　샤이로벨이 검붉은 피로 얼룩진 얼굴을 더욱 와락 구겼다.

　〈젠장! 도대체 언제까지 날 이렇게 귀찮게 할 셈이냐!〉

　"할 수 없잖아? 널 보여 주는 게 가장 쉬운 방법이니까."

　〈이 샤이로벨이 무슨 네놈의 증명 도장이란 말이냐? 너는 정말 해도 해도……!〉

　"이제 됐으니까 그만 들어가."

　〈이런 개 같은!〉

루인을 맹렬하게 노려보던 쟈이로벨이 그 악마 같은 얼굴로 생도들을 홱 하고 쳐다보았다.

〈어이. 꼬맹이 녀석들아.〉

"히이이익!"
"으아아!"
시론과 세베론이 기겁을 하며 뒤로 숨는 것과는 반대로, 리리아는 이미 타오르는 마력을 움켜쥔 채 강렬한 적개심을 드러내고 있었다.

기괴하게 웃고 있는 쟈이로벨.

그의 압도적인 분위기에 수인을 맺던 리리아의 손이 떨리고 있었다.

〈한 번만 말할 테니 잘 들어라. 이 루인 놈은 이 쟈이로벨과 계약 관계가 아니다. 너희 인간들이 생각하는 그런 흑마법사 따위가 아니란 뜻이다.〉

루이즈의 묘한 표정이 이어졌다.

〈그럼 무슨 관계죠?〉

샤이로벨이 루인을 바라보며 침묵하고 있었다.

그 역시 루인과의 관계를 정의해 본 적이 없었기 때문.

계약 관계가 아니다.

그럼 단순한 동료? 휘하?

그건 더더욱 아니었다.

그렇게 기괴하게 인상을 찡그리고 있는 샤이로벨에게로 루인의 나직한 목소리가 날아들었다.

"친구다."

〈뭐?〉

"그럼 뭐라고 말할 테냐?"

〈……. 〉

딱히 반박할 수가 없다.

하지만 가슴 깊은 곳에서 끓어오르는 이 분노는 대체 왜일까?

"개소리. 마계의 마족들은 오직 인간을 제물로 여길 뿐이다. 그런 욕망 덩어리들이 인간을 자신과 동등하게 여긴다고?"

리리아를 무심히 쳐다보는 루인.

"엄밀히 말하자면 동등한 관계는 아니지."

"역시……!"

"친구이자 내 부하거든."

"……?"

리리아가 의문이 가득 담긴 눈빛이 되었을 때 쟈이로벨의 거친 일갈이 토해졌다.

〈이런 정신 나간 놈을 보았나! 이 쟈이로벨이 어떻게 네놈의 휘하란 말이냐!〉

이어진 한심하다는 듯한 루인의 반응.

"내 명령에 월켄을 구출해 온 게 누구지?"

〈그, 그건!〉

루인이 곧바로 헬라게아를 소환한다.

"평생 모은 재물을 내게 바친 놈은 다른 놈인가?"

〈그, 그게 어떻게 그런 식으로 해석되는 거냐!〉

억울하다는 듯한 쟈이로벨의 비굴한 태도에 모두의 표정이 멍하게 변해 갔다.

"앞으로 내가 다치면 친절하게 회복시켜 줄 거지?"

〈…….〉

"내가 새로운 마도를 개척하면 함께 친절하게 연구해 줄 테고."

〈그만……!〉

"벌레왕 아므카토처럼 건방진 마족 녀석들이 나타나도 계속 착실하게 처리해 주겠지."

들고 보니 호구도 이런 호구가 없었다.

그렇게 자괴감으로 몸부림치고 있던 쟈이로벨은 계속 여기 있어 봤자 좋을 것이 없다는 생각이 절로 들었다.

〈개 같은 인간 놈!〉

스스스스스-

다시 희미한 핏빛 연기가 되어 루인의 정수리에 모두 스며든 쟈이로벨.

다프네가 명한 표정으로 루인을 응시했다.

"그는…… 쟈이로벨은 마왕인가요?"

그건 모두의 의문이었다.

엄청난 마장기의 소유자, 게다가 저토록 무시무시한 위압 감이라면 틀림없이 초고위 마족.

한데 생도들은 쟈이로벨이라는 이름을 한 번도 들어 보지 못했다.

"마계에는 인간계로 치면 대륙, 총 열세 개의 대륙이 있다."

"아……!"

"그 열세 개의 대륙은 수도 없이 주인이 바뀌지. 놈은 최근 까지 '혈우 지대'를 정복했던 마계 군주다."

무려 마계의 군주라니!

그렇다면 엄청난 마왕임이 틀림없었다.

"……대단한 마왕이겠군요."

씨익.

"마계의 일정 영역을 정복한 군주는 마왕으로 부르지 않아."

"그럼?"

"신(神). 놈은 마신으로 불리는 존재. 휘하에 스물 이상의 마왕을 거느린 마계의 군주다."

마신(魔神)?

생도들에겐 그 개념조차 생소한 이름.

〈마왕을 거느리는 존재…….〉

217

그런 무시무시한 마계의 권력자를 루인이 부하로 부리고 있단 말인가?

루이즈는 도무지 현실감이 느껴지지 않았다.

"나는 흑마법사 따위가 아니다. 굳이 정의하자면…… 나는 마신을 거느린 대마도사다."

그 오만하고 광오한 말에 모든 생도들은 숨이 멎을 정도로 충격을 받았다.

지금까지 자신들이 경험했던 루인의 엄청난 마도(魔道)의 단면.

그 진실된 실체를 눈앞에서 마주하고 나니 도무지 현실처럼 받아들여지지 않는 것이다.

"그럼 네 영혼이 그에게 귀속되지 않았단 뜻인가?"

"귀속?"

루인이 리리아를 향해 섬뜩하게 웃고 있었다.

악제조차 청염으로 길들이기를 포기한 강대한 영혼.

수만 년을 지나온 대마도사의 자아를 고작 마신 따위가 길들일 수 있다는 건 넌센스에 가까웠다.

루인이 모두를 바라본다.

"이제 더는 날 의심하지 마라."

어느새 그는 창밖의 머나먼 남녘을 응시했다.

이 어린 생도들과 자신에게 또 하나의 시련이 다가오고 있었다.

"테아마라스······."

테아마라스, 아니 악제의 유적.

이제 놈의 비밀을 마주할 시간이었다.

◆ ◈ ◆

르마델 왕실이 왕국 전역에 왕립 무투대회의 우승자를 공표한 지 사흘 후.

헤데이안 학부장의 조교, 미그베는 배시시 웃고 있었다.

"그렇게 좋으세요?"

애써 무심한 척하지만 연신 수염을 쓰다듬고 있는 헤데이안 학부장. 기분이 좋을 때면 늘 나오는 그의 버릇이었다.

"뭐, 나쁘진 않군."

지금도 각지에서 도착하고 있는 축하 서신들.

대륙 마법학회는 물론 각국의 마탑, 유명한 궁정 마법사들, 이름 높은 현자들의 마법 스크롤이 끊임없이 날아들고 있었다.

그만큼 목소리 생도들의 우승은 특별한 것이었다.

물론 마법 생도들이 우승한 적은 많았다.

그러나 그들 대부분이 기사 생도들과 함께 조를 이루어 그들을 보조하는 들러리만 서 왔던 것.

이렇게 순수한 마법 생도 5명의 마도(魔道)로만 우승한 것은 아카데미 역사상 이번이 처음이었다.

상대는 무려 렌시아가의 대공자와 이명 랭킹 1위와 3위의 기사 생도들, 거기에 그들을 보조하는 쟁쟁한 4등위 마법 생도 둘까지.

그런 뛰어난 조합의 경쟁자들을 상대로 무등위 마법 생도들이 우승을 일궈 냈으니, 학부장 헤데이안의 위상도 덩달아 올라간 것이다.

똑똑

누군가의 노크 소리에 조교 미그베가 학부장실의 문을 조심스럽게 열자.

"혀, 현자님!"

현자 에기오스, 르마델 왕국의 마탑주가 무심한 얼굴로 서 있었다.

그의 방문이 의외였는지 학부장 헤데이안의 얼굴에는 묘한 미소가 감돌았다.

그렇지 않아도 자랑하고 싶었는데 제 발로 찾아오다니.

현자 에기오스가 겸연쩍게 웃었다.

"축하하네. 마법학부의 경사로군. 역사에 남을 만한 위업을 이루셨네."

"내가 한 일이 뭐가 있다고 그러나."

"어느 날 갑자기 인재들이 송곳처럼 세상에 튀어나왔다고 해서, 그들을 가르쳤던 학부의 바탕이 사라지는 건 아닐세."

"허허, 사람 참."

휘둥그레 두 눈을 뜨고 있는 조교 미그베.

그의 오랜 조교 생활에서, 학부장님이 이토록 정겹게 현자님과 대화하는 모습은 처음이었던 것.

또 무슨 언쟁을 벌일까 내심 조마조마했던 미그베로서는 오히려 더한 불안에 휩싸였다.

"앉게."

"그러지."

현자 에기오스의 얼굴이 어딘가 모르게 심각해 보인다.

헤데이안은 그가 단순히 축하를 위해서 찾아온 것이 아니라는 것을 곧바로 직감했다.

"질질 끄는 건 자네답지 않지."

에기오스가 비스킷을 집어 먹고는 점잖이 수염을 터는 헤데이안을 물끄러미 바라보고 있었다.

"최근 자네의 심상은 괜찮은가?"

"심상?"

무겁게 고개를 끄덕이는 에기오스.

헤데이안의 눈빛이 묘해졌다.

"또 무슨 소리를 늘어놓으려는 게지? 논쟁을 벌일 거라면 지금은 타이밍이 그다지 좋지 않다는 것을 잘 알고 있을 텐데."

"심상이나 환각, 꿈 따위의 이면(異面) 자아 상태에서 어떤 특이한 장면을 본 경험이 없냐고 묻고 있네."

221

"대체 무슨 소리를 하는지 모르겠군."

헤데이안은 짜증이 났다.

꽤 오랜만에 맞이하는 마법학부의 경사였다.

이런 좋은 날에 또 무슨 수작으로 기분을 망치게 하려고!

역시 에기오스 놈에게 순수한 축하를 기대한 것은 바보 같은 짓이었다.

"황당한 꿈을 꾼 적이 정말 없는가? 환각이 정말 없었단 말인가?"

"……."

개꿈은 누구나 꾸는 것.

이 좋은 날에 놈의 꿈 해몽 따위를 듣기는 싫었다.

"그만하고 돌아가게. 업무 중이네."

그러나 현자 에기오스는 헤데이안의 축객령에도 아랑곳하지 않았다.

"헤데이안. '거인'과 '마장기'를 정말 심상으로 마주치지 않았단 말인가?"

"……뭐?"

화폭처럼 굳어 버린 헤데이안.

그의 말대로 최근 반복되는 기이한 꿈에 시달리고 있었다.

전혀 다른 양상의 무투대회 결승전.

기사 생도 하나가 거대한 거인으로 변하고.

그런 거인을 루인 녀석이 마장기를 소환해 광선포로 물리치는, 정말이지 말도 안 되는 개꿈이었다.

개꿈도 그런 개꿈이 없어서, 단잠에서 깨어나자마자 몇 번이고 실소가 터져 나왔었다.

평생을 심상에 매진하는 마법사의 꿈은 대게 현실에서 크게 벗어나지 않는다.

그럼에도 그런 황당한 꿈을 꿨다는 건 최근 무리한 업무의 결과일 터.

"……."

현자의 논리 체계가 맥동한다.

저 에기오스가 자신이 꿨던 꿈을 정확히 알고 언급했다는 건 간단한 일이 아니었다.

"설마…… 자네도……?"

"짐작대로네. 나도 지금 자네와 똑같은 환각과 기면에 시달리고 있지."

더욱 충격으로 굳어 버린 헤데이안.

도저히 믿을 수 없었다.

에기오스의 말대로라면 그 꿈이 정신 마법에 당했다는 증거가 되기 때문.

"……설마 그 꿈이 '정신 저항'이었단 말인가?"

정신 방벽이 두터운 마법사들은 정신 마법에 대항하는 저항 체계가 작동한다.

그건 꿈이나 환상, 심상으로 보여 주는 경고.

"나도 어제야 알았네. 수호자 드베이안 공께서 찾아왔었 지."

"드베이안 공?"

"그는 초인일세. 자신의 정신에 문제가 생겼다는 걸 감각 적으로 느끼셨던 게지."

"……그, 그럴 수가."

에기오스의 말이 의미하는 바는 너무도 명확했다.

그 거인과 마장기의 꿈이 정신 저항이라면…….

"그렇다네, 헤데이안. 우리가 꾸었던 꿈은 그날의 현실일 세."

"마, 마, 말도 안 돼!"

에기오스는 허탈하게 웃고 있었다.

어제의 자신 역시 헤데이안 학부장과 똑같은 반응이었으 니까.

"그, 그게 말이나 되는 일인가? 일단 마장기를 꺼냈던 그 아공간부터가 말이 안 되네! 게다가 얼핏 느끼기에도 광선포 의 위력은 측정 불가능의 영역이었어!"

"그렇지."

"그 거인으로 변해 버린 기사 생도는 또 뭔가? 그런 권능이 인간으로서 가능하단 말인가?"

"게다가 그 거인으로 변한 기사 생도가 쓴 권능은 마법이 었지. 9위계급 광화(光火) 마법이었네. 아니 어쩌면 그 이상

일 수도."

9위계급 광화 마법.

그 싯푸른 불꽃이 세계의 재앙이라는 드래곤의 브레스, 혹은 헬파이어급 위력을 지니고 있었다는 뜻이다.

"그 이상?"

허면 루인은 드래곤의 브레스를 정통으로 처맞고도 무사했다는 뜻이 된다.

마도의 상식이 모조리 부정되는 느낌이었다.

"당황스러운 심정은 충분히 이해하네. 나 역시 자네와 똑같이 반응했으니까."

그때.

헤데이안의 동공이 극도로 수축되었다.

"자, 잠깐! 그렇다는 것은!"

헤데이안이 현자급 마도사인 이상, 그의 추론은 단 하나의 결론으로 귀결될 수밖에 없었다.

그의 폭풍처럼 흔들리는 동공이 이내 에기오스를 향했다.

"정말 녀석이 수천 명 군중들의 기억을 한꺼번에 조작해 버린 것이란 말인가?"

침중하게 고개를 끄덕이는 에기오스.

"알다시피 지금으로선 그렇게 생각할 수밖에 없네."

"대체 어떻게 그런 마도가……."

세상에 존재할 수 없는 마도.

그런 경지에 도달한 인간 마도사라면 인류의 모든 역사를 통틀어 손에 꼽을 정도.

아무리 상식을 벗어난 천재라고 해도 아직 마법 생도에 불과한 루인에게는 결코 가능한 경지가 아니었다.

"그보다는 녀석이 소환했던 마장기를 자세히 떠올려 보게."

거대한 마력핵.

압도적인 크기의 동체와 마력 주포.

발광하며 외부 장갑을 덮고 있던 무수한 초고위 술식의 흔적.

알칸 제국의 전설적인 마장기, '알카리네우스'보다 훨씬 거대하고 장엄한 위용.

그러나 에기오스는 마탑주이기 이전에 르마델 왕국의 하나뿐인 마장기를 운용하는 라이더.

그는 헤데이안과 관점이 많이 달랐다.

"그 마장기의 외부 장갑은 금속이 아니었네."

그것은 헤데이안이 미처 놓치고 있었던 부분.

그제야 그의 표정이 핼쑥해진다.

그건 적어도 현 시대의 마도공학에서 불가능한 영역이었다.

"이스하르콘 합금 말고도 마력 주포의 열과 충격파를 견딜 수 있는 물질이 더 있단 말인가?"

"아니. 그런 건 존재하지 않네."

강철 주괴에 소량의 오리하르콘을 섞어 만드는 이스하르콘은 마장기의 구조적인 한계를 극복하게 만드는 유일한 재료.

엄청난 포열과 진동, 더욱이 외피에 회로를 그려 넣어야 하는 마장기의 특성상 마력 동조율이 뛰어난 이스하르콘은 필수적인 것이었다.

"금속이 아니라면⋯⋯."

"돌이었네."

"돌?"

황당하기 짝이 없는 대답.

금속이 아니라는 것도 당황스러운 마당인데 돌이라니?

그 복잡한 구조의 마장기를 돌로 만든다는 게 가능한 일이란 말인가?

"잘못 본 것이 아닌가?"

"네레스도 우리와 비슷한 정신 저항을 겪었지. 지금 만나고 오는 길이네."

마도학자 네레스.

르마델이 보유한 마도학자 중에서 최고의 실력을 지닌 마도학자.

"네레스는 틀림없는 돌이라고 했네."

"그게 가능하다면⋯⋯."

"그렇다네. 인류의 신기원을 개척하는 수준의 새로운 마도공학이 탄생한 것이 아니라면—"

"우리 세계의 마장기가 아니란 뜻인가?"

"아직은 추측일세."

마장기는 인간 문명 고유의 마도 병기.

드래곤 일족조차 인간의 마장기를 흉내 낼 수는 없었다.

마장기는 수많은 인간들의 합치된 노력이 전제되어야 탄생시킬 수 있는 마도공학의 결정체.

단일 개체로 활동하는 드래곤들은 결코 마장기를 제작할 수 없었다.

헤데이안은 사흘 전의 결승전을 다시 떠올렸다.

거대한 거인이 된 생도.

그런 거인을 마력 주포 한 방으로 날려 버린 루인.

자신들이 모르는 미지의 비밀, 세계의 숨은 이면(裏面)이 느껴진다.

헤데이안의 얼굴은 어느덧 에기오스와 비슷해져 있었다.

"이게 우리가…… 아니 왕국의 힘으로 조사할 수 있는 일인가?"

"불가능하지."

측정 불가능한 위력의 마장기를 소환할 수 있는 마법 생도.

왕국의 정규군과 홀로 일전을 벌일 수 있는 존재.

더욱이 그런 대규모 기억 조작이 가능한 마도라면 본연의 권능 또한 얼마나 대단할지 짐작조차 되지 않았다.

'루인……'

더 이상 일개 생도로 생각할 수 없는 하이베른가의 대공자.

가만 생각하니 녀석이 에어라인에 존재하는 것 자체가 끔찍한 재앙이었다.

녀석의 기분에 따라 이 거대한 왕국의 공중 도시가 추락할 수도 있는 위험천만한 상황.

"일단 녀석을 에어라인 밖으로 내보내는 것이 급선무겠군."

"동의하네. 수호자 드베이안 공의 불안이 이만저만이 아니네."

잠시 생각에 잠기던 헤데이안이 더욱 얼굴을 굳혔다.

"한데 녀석이 하이베른가에 돌아가도 문제가 아닌가?"

"그렇지."

하이베른가가 그 거대한 마장기로 독립을 선언한다고 해도 르마델로서는 막을 수단이 없었다.

하이베른가와 대마장기전을 벌인다면 곧바로 알칸 제국이 움직일 터.

지금 르마델 왕국의 하나뿐인 마장기는 언제든지 알칸 제국을 상대할 수 있도록 남부 전선에 배치된 상태였다.

이 현자 에기오스도 봉화가 타오르면 곧바로 공간 이동진
으로 남부로 향해야만 했다.

"조기 졸업이라도 시키게. 방법은 그것뿐이네. 일단 녀석을
에어라인에서 내보낸 다음 이후의 일을 생각하세."

〈듣던 중 반가운 소리군.〉

갑자기 뇌리를 울려 오는 절대 언령.

이어 복도를 걷는 발소리가 들려온다.

저벅저벅.

그 걸음걸음마다 헤데이안의 심장이 함께 고동친다.

이윽고 학부장실에 들어온 하이베른가의 대공자.

특유의 무심한 눈빛.

생각을 읽을 수 없는 무감한 표정.

"적당한 명분이 필요했는데 조기 졸업이라니 안성맞춤이군."

루인이 두 현자를 향해 무료한 시선을 털어 냈다.

"하지만 받을 건 받고 떠나야지."

씨익.

"시상식 전에 잠시 차 한 잔 얻어 마실 수 있겠습니까?"

루인의 묘한 미소.

학부장과 현자는 등줄기가 축축하게 젖어 가고 있었다.

조용히 차를 음미하고 있는 루인.

역시 아무런 감정을 읽을 수 없었다.

헤데이안이 자신의 복잡한 심경을 그대로 드러냈다.

"……자네가 정말 마장기를 가지고 있는 건가?"

"……."

"대규모 기억 조작 술식 역시 자네의 작품이 맞고?"

무감각한 얼굴로 차를 마시던 루인은 오히려 다른 화두를 꺼냈다.

"수호자 드베이안 공, 마도학자 네레스, 학부장님, 현자님. 그 밖에 정신 저항에서 깨어난 사람들이 얼마나 더 있습니까."

곰곰이 생각에 잠긴 현자 에기오스.

그가 이내 진중하게 입을 열었다.

"현재까지는 그 넷이 전부네."

씨익.

"왕실 근위기사단장이나 베벤토 학장 쪽은 아직인가 보군요. 역시 시간이 문제일 뿐 결국은 깨달을 예정이란 뜻이고."

루인은 수호자 집단은 예외로 했다.

어차피 세상에 능동적으로 개입하지 않을 자들.

더욱이 소드 힐의 노인과 비셰울리스는 이미 모든 사실을 알고 있었고 기억 조작 역시 그들이 직접 저지른 일.

문제는 초인이거나 초인에 근접한 이들이었다.

강력한 정신력을 지닌 르마델 왕국의 강자들.

루인은 아직 마장기의 존재나 악제의 존재가 세상에 퍼져 나가는 것을 원하지 않았다.

혼란이 앞설수록 다양한 변수가 초래된다.

결국 자신의 대처를 더욱 어렵게 만들 것이 분명했기 때문.

루인이 결심한 듯 두 눈을 빛냈다.

"일단 이 자리에 드베이안 공과 마도학자 네레스 님을 불러 주시죠."

당황한 에기오스와 헤데이안.

"……지금 말인가?"

"그들도 업무가 있네."

루인이 웃었다.

"제가 마장기의 소유자라면 지금보다 더 중요한 순간은 없을 텐데요?"

달리 반박할 말이 없다.

루인이 직접 나타나 마장기를 운운하며 협박을 해 올지는 상상도 하지 못했는지 헤데이안의 눈빛은 현실을 받아들이지 못하는 눈치였다.

"……기다리게."

스스스-

현자 에기오스가 좌표계를 열며 사라졌다.

헤데이안이 현자가 공간 이동으로 사라져 간 자리를 멍하니 응시하고 있었다.

"루인 생도. 대체 어쩔 요량인가?"

루인이 찻잔을 내려놓는다.

"거창한 일은 아닙니다. 단지 제 할 말을 전할 거고 답을 들으면 그만인 일이죠."

헤데이안은 심상에 빠져들었다.

마도사에 이른 마법사답게, 그의 사고는 금방 이후에 루인이 보일 행동을 예측해 냈다.

정말로 녀석이 기억 조작 술식의 당사자라면 자신의 비밀을 지키려고 할 것이다.

무투대회에서 벌어졌던 진실을 함구해 달라는 요청인 것이다.

그렇다면 녀석은 무언갈 대가로 내놓아야 할 텐데, 과연 그것이 무엇일지 헤데이안은 금방 흥미로워졌다.

루인이 차를 모두 마시고 한 시간 정도 지났을 무렵.

현자 에기오스가 수호자 드베이안, 마도학자 네레스와 함께 공간 이동 마법으로 나타났다.

육중한 갑주와 전투용 롱 소드, 투구까지 완전 무장으로 나타난 수호자 드베이안을 향해 루인의 미소가 날아들었다.

"마치 전장을 나서시는 것 같군요."

투구 사이로 맹렬히 빛나고 있는 드베이안의 눈빛은 사납기 그지없었다.

"자네를 아니까."

르마델 왕국 최강의 기사.

초인의 무시무시한 투기가 허공에 아롱진다.

왕국의 기원제에서 벌어진 기수 쟁탈전.

그날 루인이 초인 기사를 꺾은 후로 왕국의 모든 정보기관은 하이베른가의 대공자의 행보를 비밀리에 주시하고 있었다.

그것만으로도 경계해야 할 대상인데 마장기를 소환하는 마법사라는 사실까지 드러난 마당.

도저히 현실로 인정하기 힘든 사실이지만, 만약 사실이라면 이는 르마델 왕국이 맞이한 최대의 위협일 터였다.

"이해합니다."

루인은 그의 마지막을 알고 있었다.

멸망의 순간, 그가 르마델 왕국에 보인 충정과 진심은 왕국의 수호자라는 이명에 충분히 걸맞은 것이었다.

루인은 그런 충직한 기사를 좋아했다.

"일단 다들 앉으시죠. 올려다보기가 힘들군요."

"나는 그냥 서 있겠네. 보다시피 앉을 수가 없는 무장이라."

"알겠습니다."

당대의 마탑주와 왕국의 수호자, 그리고 최고의 마도학자.

이렇게 한자리에 모이기도 힘든 인물들.

드베이안을 제외한 이들이 차례로 자리에 앉자, 그들을 향해 루인이 예의 비틀린 입매로 입을 열었다.

"다 이해합니다. 어린 녀석이 마장기의 주인이라니 아마 제가 걸어 다니는 왕국의 재앙처럼 느껴지시겠죠."

루인의 직설적인 화법에 모두가 놀란 얼굴을 했다.

"아마도 어떤 분께서는 벌써 하이베른가의 독립을 걱정하고 계실 수도 있지요. 인간은 언제나 상상하는 존재이기 때문입니다."

"어험!"

"흠!"

현자와 학부장이 불편한 내색을 여지없이 드러내고 있었다.

역시 가장 황당한 눈빛을 드러내고 있는 이는 드베이안.

왕국의 수호자 앞에서 저리도 태연하게 왕국을 둘로 쪼개겠다는 말을 해 대다니!

침묵하고 있던 헤데이안이 무겁게 입을 열었다.

"루인 생도. 협상 전에 우리의 마음을 흔들어 놓을 요량이라면 뜻을 접게. 지금 자네의 눈앞에 있는 사람들은 왕국의 핵심 인물들일세. 고작 몇 마디 따위의 말로 중심이 흔들릴 사람들이 아니란 뜻이네."

대답 없이 웃고만 있는 루인.

"보아하니 자네는 비밀을 지키고 싶어 하는 듯한데…… 그
럴 수는 없네. 그날의 일은 정식으로 국왕에 보고될 것이며
왕국 대회의(大會議) 역시 이 문제를 주요 의제로 다루게 될
것이네."

대마도사, 흑암의 공포 루인은 그런 학부장이 귀여웠다.

지금 헤데이안은 대단한 착각을 하고 있었다.

"재미있는 말씀이시군요. 설마 제가 부탁을 할 거라고 생
각하신 겁니까?"

"……뭐?"

묘하게 웃고 있는 루인.

"학부장님께서는 아직도 제가 생도처럼 보이십니까?"

그 순간.

광활한 마력 파장이 맥동한다.

루인은 끌어올릴 수 있는 최대한의 융합 마력을 개방했다.

현자와 학부장 앞에서 직접적으로 자신의 모든 마력을 개
방한 건 이번이 처음이었다.

상상할 수 없는 염동력에 의해 촘촘하게 얽히는 마력 줄기
들이 사방을 수놓고 있었다.

이미 현자 에기오스와 헤데이안 학부장은 그대로 굳어져
버린 상황.

눈앞에서 마주하고 있는 루인의 실체.

자신들에 비해 결코 모자람이 없는, 아니 어쩌면 그 이상처럼 느껴지는 루인의 아득한 역량은 단순히 놀람으로 끝날 정도가 아니었다.

현자이기에, 학부장이기에 그들은 느끼고 있었다.

이 맥동하는 마력, 이 엄청난 염동력에 담긴 한 마법사의 초월적인 역량을.

루인이 입매를 비틀자 그의 융합 마력이 거대한 파도가 되어 사방으로 출렁거렸다.

"잘 들어요. 마장기 없이도 난 이미 이 나라의 재앙이었습니다. 그런데도 르마델 왕국이 무사하다? 내게 이 왕국을 해할 의도 따윈 애초부터 없었다는 뜻입니다."

드베이안의 검에서 흘러나온 초인의 투기가 맹렬하게 타오르고 있었다.

"하이베른가의 대공자. 멈추지 않는다면 사살하겠다."

표표히 흩날리던 루인의 광활한 융합 마력이 모조리 마력 칼날로 화했다.

쏴아아아아-

일제히 드베이안을 조준하는 마력 칼날들.

이어 루인의 전방에 엄청난 강도의 마력 배리어가 겹겹이 소환된다.

우우우웅-

루인의 전신이 새하얀 빛살에 휘감긴다.

순식간에 자신에게 강화 헤이스트를 거는 루인.

지이이이잉-

중력 역전 필드로 모든 물체가 허공으로 솟구친다.

그것도 모자라 사방을 다중 일루전으로 어지럽게 만들고 있었다.

굳어 버린 헤데이안.

망설임 없이 드러낸 대마도사의 마도는 그만큼 충격적이었다.

거대한 염동력으로 일으킨 갖가지 마법들.

무슨 술식이 초를 쪼개며 수도 없이 시전된다.

게다가 저런 엄청난 술식을 펼쳤음에도 집무실은 어느 한 곳도 파괴되지 않았다.

상상할 수 없는 술식 통제력!

콰아아아앙-

드베이안이 발을 구른다.

중력 역전 필드가 깨어지며 집무실의 모든 집기가 비처럼 우르르 쏟아져 내린다.

그런 일촉즉발의 상황에서 현자 에기오스가 벌떡 일어나며 마나를 재배열했다.

"그만!"

츠츠츠츠츠-

루인의 중위계 술식들을 침착하게 디스펠하던 에기오스는 이내 강한 반탄력을 느끼며 뒤로 튕겨져 나갔다.

"허억!"

"에기오스!"

<u>스스스—</u>

희미한 잔상만을 남기고 사라져 버린 루인.

시야를 교란하는 다중 일루전에 의해 루인을 놓쳐 버린 드베이안이 다급히 사방을 두리번거린다.

그 순간 금속을 통째로 짓이기는 듯한 소음이 울려 퍼졌다.

가가가가각!

마치 보이지 않는 힘에 의해 우그러지는 것처럼 드베이안의 갑주가 처참하게 짓이겨지고 있었다.

강화 헤이스트로 구현된 혈주투계.

이내 초인의 엄청난 투기가 밀집되더니 그대로 루인을 밀어낸다.

콰아아아아앙!

사라져 가는 다중 일루전.

사방이 이지러지며 가슴을 움켜쥔 루인이 드러났다.

피를 한 움큼 뱉어 낸 루인이 비릿하게 웃고 있었다.

"역시 진짜 초인은 다르군."

배리어를 세 겹이나 둘렀는데도 단순한 투기의 여파에 모조리 박살이 났다.

월켄과는 비교도 되지 않는 경지.

하지만 정작 가장 놀란 사람은 드베이안이었다.

"……."

왼쪽 가슴의 갈비뼈가 모조리 부서졌다.

마법도 아닌, 무투술이 투기의 벽과 갑주를 뚫고 자신의 몸에 타격을 준 것이다.

드베이안은 하이베른가의 대공자가 전력을 다하지 않았다는 것을 직감적으로 느끼고 있었다.

그 순간.

루인의 광활한 마력이 씻은 듯이 사라졌다.

태연하게 다시 자리에 앉는 루인.

마도학자 네레스가 황당하다는 듯 입을 열었다.

"……이게 대체 무슨 짓이오?"

생도복의 소매로 입가를 닦던 루인이 무감하게 대답했다.

"호구로 보이지 않기 위해서."

"그게 무슨……."

"이 생도복을 입고 있다고 해서 자꾸만 착각하는 사람들이 있어서 말이죠."

책상 옆에 쓰러져 있던 에기오스가 힘겹게 몸을 일으켰다.

"우리들의 입을 고작 힘으로 막겠다는 뜻인가?"

씨익.

"그럴 리가요."

이어 울려 퍼지는 루인의 목소리.

그것은 거의 반협박에 가까운 내용이었다.

"먼저 현자님께서는 지금부터 렌시아가와의 관계를 모두 정리하셔야 합니다."

"뭐, 뭐라?"

마탑을 유지하는 데 드는 비용은 엄청나다.

그 금액은 쉽게 말해 천문학적인 것.

지금까지 하이렌시아가의 후원이 없었다면 마탑은 결코 유지될 수 없었다.

한데 그런 하이렌시아가와의 관계를 끊으라니?

"그들이 정기적으로 마탑에 엄청난 규모의 후원을 한다는 것을 알고 있습니다. 그 후원 규모의 두 배를 우리 하이베른가가 약속드리죠."

"……두 배?"

쉽게 믿을 수 없는 말이었다.

하이베른가의 영지 사정은 이미 왕국에 널리 알려진 사실.

곤궁한 재정 상황 때문에 영지민들의 유출도 막아 내지 못하고 있는 하이베른가였다.

"그게 하이베른가에게 가능한 일인가?"

"물론입니다. 제 말로 부족하다면 대공의 인으로 확약서를 써 드리죠."

"……."

이어 루인이 마도학자 네레스를 향해 입을 열었다.

"나는 당신이 소울레스가에게 정기적으로 마정석을 공급하고 있는 걸 알고 있습니다."

"무, 무슨 말을!"

이미 벌레들을 이용해 마도학자 네레스의 가문, 쟌틴가의 상황을 빠짐없이 살피고 있는 루인이었다.

"그렇게 계속 마정석을 공급하면 됩니다. 대신 공급 일시와 그 양을 제게 정기적으로 보고하세요."

연신 눈알을 굴리며 주변의 눈치를 살피고 있는 네레스.

이 비밀이 새어 나간다면 자신은 죽은 목숨이나 다름없었다.

"세 번."

"……."

"제 뜻에 따라 준다면 제 마장기를 살필 세 번의 기회를 드리겠습니다."

순간, 네레스의 두 눈이 찢어질 듯이 부릅떠졌다.

"저, 저, 정말인가!"

마장기를 살필 기회라니!

마도학자로서 그보다 더 가슴 뛰는 일은 없었다.

잠시 후 수호자 드베이안을 향해 루인이 내뱉은 말은 상상을 불허하는 것이었다.

"제 마장기를 금린사자기에 귀속시키겠습니다."

폭풍을 만난 것처럼 흔들리고 있는 드베이안의 동공.

루인의 말에 담긴 의미는 그만큼 거대한 것이었다.

금린사자기는 이 르마델의 군권을 상징했다.

지금 루인의 말은 자신의 마장기를 르마델 왕국에 귀속시 키겠다는 말이나 다름없었다.

"……진심인가?"

"대신."

루인이 저 멀리 창밖의 공중 왕성을 응시한다.

"1왕자 아라혼의 후원자가 돼 주셔야 합니다."

당황해하는 드베이안.

"후원자라면……."

씨익.

"녀석을 국왕으로 만들어 달란 뜻입니다."

금세 드베이안의 얼굴이 온갖 복잡한 빛으로 얼룩졌다.

무려 마장기를 왕국에 귀속시키는 조건.

알칸 제국의 위협을 상시적으로 받고 있는 르마델의 수호 자로서는 반드시 얻어 내야만 하는 힘이었다.

하지만 1왕자의 옹립을 도와 달라니.

그때 현자가 무거운 표정으로 루인을 바라본다.

터무니없는 강요에 이은 엄청난 대가들.

하지만 그 모든 거래 앞에는 하나의 문제가 선제적으로 해 결되어야 했다.

"그 모든 거래의 앞에는 자네의 비밀을 지킨다는 조건이 포함되는 거겠지?"

"물론입니다."

그날에 나타났던 거인과 마장기, 대규모 기억 조작을 왕국의 비밀로 하는 조건.

"우릴 어떻게 믿고 그런 엄청난 대가를 지불한단 말인가?"

그때.

위이이이잉-

몇 마리의 잠자리와 파리, 날벌레들이 집무실 내부로 날아든다.

루인이 태연하게 말을 이어 갔다.

"오늘부터 이것들이 당신들의 주변을 배회할 겁니다. 죽이지 말고 그저 내버려 두세요."

"그게 무슨……?"

루인이 웃었다.

"이 벌레들이 제 믿음의 근거입니다."

Chapter. 49

자신의 주위를 배회하고 있는 날파리들을 멍한 얼굴로 바라보고 있는 네레스.

그는 아직도 묘한 미소를 남기고 사라진 대공자의 의도를 도무지 읽을 수가 없었다.

에기오스의 착잡한 목소리가 들려왔다.

"대체 이 미물들은……."

당황스러운 심정, 이해 불가의 영역을 마주한 심정은 헤데이안 역시 마찬가지.

"설마 이것들은…… 대공자의 통제에 따른 움직임이란 말인가?"

날벌레들의 움직임이 일반적이지가 않다.

말로 표현할 수 없는 어떤 이질감.

자신들의 동선, 행동 등을 관찰하는 듯한 벌레들의 묘한 움직임에서 마치 사람의 의지 같은 것이 느껴졌다.

혜데이안이 갑작스레 고개를 돌린다.

그러자 그가 고개를 돌린 방향으로 몇 마리의 날벌레들이 따라 움직였다.

"허……."

그 광경을 지켜보던 수호자 드베이안이 뒤로 물러났다.

저벅.

정확히 뒤로 물러난 보폭만큼 따라붙는 벌레들.

드베이안이 인상을 찌푸리며 입술을 깨물었다.

"……드루이드라도 된다는 건가?"

수인들 중에는 동물을 제 몸처럼 다루는 희귀한 개체들이 있었다.

그런 수인들을 드루이드라 불렀는데, 그들은 하이 엘프만큼이나 신비한 종족이었다.

한데, 동물도 아닌 곤충을 다루는 능력이란 듣지도 보지도 못한 종류의 권능이었다.

"아무래도 비슷한 종류의 능력인 것만큼은 확실한 것 같습니다."

"허……."

마도학자 네레스의 대답에 헤데이안 학부장은 기가 차다는 듯한 얼굴이었다.

대체 벌레를 다루는 인간이라니?

그렇다면 지금 이 벌레들이 자신들을 감시하고 있다는 뜻이 아닌가?

"과연 이런 게 사람에게 가능한 능력일까요?"

"그걸 왜 나한테 묻나."

짜증이 치민 헤데이안이 문득 현자를 바라본다.

현자 에기오스는 아직도 충격에서 헤어 나오지 못하고 있는 눈치였다.

"에기오스. 왜 그러나?"

멍한 얼굴, 하지만 끈질기게 루인의 술식혼만을 살피고 있는 에기오스.

"내 디스펠이……."

자신의 디스펠을 가볍게 막아 낸 녀석의 권능.

그것은 술식과 술식이 부딪쳤던 현상이 아니었다.

"그래! 맞아! 자네의 디스펠을 막았던 녀석의 술식은 무엇이었나?"

"……."

에기오스는 쉽게 대답하지 못했다.

도저히 현실로 받아들일 수가 없었기 때문.

"그냥 염동력이었네. 단순한 염동의 힘이었어……."

"뭐······?"

에기오스는 현자다.

왕국의 마법사들 중에서 최고의 위계를 정복한 존재.

그런 현자의 디스펠을 순수한 염동력만으로 무력화시키는 것이 가능하다고?

그런 건 자신조차 불가능하다.

장시간의 염동 대결이라면 몰라도, 방금처럼 순간적으로 디스펠을 무력화시킬 정도라면 그 염동력이 하늘과 땅만큼 차이가 난다는 뜻.

그때.

갑자기 수호자 드베이안이 중심을 잡지 못하고 비틀거린다.

"크······."

"괘, 괜찮으십니까?"

놀란 네레스가 다급히 드베이안을 부축했다.

드베이안이 검으로 중심을 잡더니 핏물이 흘러나올 정도로 악착같이 입술을 깨물었다.

"갑주를 벗으셔야 할 것 같습니다!"

처참하게 우그러진 갑주.

중심 판갑이 왼쪽 가슴을 깊숙하게 파고든 위험한 상황, 이 대로 내버려 둔다면 심각한 상황에 직면할 수 있었다.

"괜찮소."

"수호자의 건강은 왕국의 안위와 직결되는 사안입니다. 자존심을 따질 상황이 아닙니다."

"맞소. 드베이안 공. 뼈를 다치면 회복이 쉽지 않소. 빨리 처치하시는 게 옳소."

결국 드베이안은 우그러진 갑주를 벗기 시작했다.

판갑을 하나둘 힘겹게 걷어 내자 그의 흉곽 전체에 퍼져 있는 참혹한 흔적이 고스란히 드러났다.

시퍼런 피가 맺힌 흉측한 멍 자국.

한데 그 상처의 퍼진 모양이 마치 회전하는 물결처럼 번져 있었다. 결코 단순한 충격에 의한 흔적이 아닌 것이다.

"단순한 무투술이 아닌 것 같군요."

"전사력(轉絲力)이오."

드베이안의 무덤덤한 대답에 헤데이안이 깜짝 놀라고 있었다.

"동쪽 대륙의 권법 마스터들이 그런 기술을 쓴다고는 들었소. 작용하는 모든 힘에 회전력을 담는다고 했지."

"단순한 전사력은 아니었소."

"허면?"

"지금까지 경험하지 못한 종류였소."

중년처럼 보이는 드베이안이었지만 그는 사실 백 세에 가까운 나이였다.

그가 왕국의 수호자로서, 초인으로서 살아온 세월만 해도 오십 년.

더욱이 그는 수많은 유파와 검술 교류를 해 온 것으로 유명한 기사였다.

그런 그가 경험해 보지 못한 무투술이 존재하다니?

하이베른가의 대공자.

마법 생도 주제에 마도사에 준하는 마도적 역량도 경악 그 자체였다.

한데 마장기의 주인, 곤충을 다루는 신비한 권능, 거기에 초인의 갈빗대를 모조리 부숴 버릴 정도의 초월적인 무투술이라니?

그건 그 나이, 아니 애초에 한 인간이 쌓을 수 있는 능력들이 아니었다.

"허허."

헤데이안은 결국 허탈한 웃음이 터져 나오고 말았다.

이건 대체…….

알면 알수록 신비하고 경악스러운 녀석이었다.

하지만 정작 마도학자 네레스는 대공자의 다른 면모 때문에 정신이 공황 상태에 이르러 있었다.

"정말 나이를 믿을 수 없는 놀라운 심계입니다."

"심계?"

"얼핏 보면 정돈되지 못한 건달 같은 행동 같았습니다만 돌이켜 보니……."

네레스의 목울대가 울렁거린다.

"갑작스럽게 마도를 드러내며 드베이안 공과 전투를 벌였던 것, 왕국의 초인과 현자, 학부장님을 상대로 협박을 벌였던 것, 갑작스러운 막대한 보상의 언급, 그리고 이 벌레들까지…… 따로 보면 엉망인 행동들이지만 지금 보니 그 모든 게 다 계획된 계산 같습니다."

"으음……."

"사실 대공자의 비밀을 움켜쥐고 있는 건 우리 쪽이지 않습니까? 분명 우리가 유리한 위치인데 방금까진 그걸 의식조차 하지 못했습니다."

네레스의 두 눈이 현자와 학부장을 조심스럽게 훑고 있었다.

"현자님과 학부장님은 이 나라를 대표하는 마법사이십니다. 한데 대공자와 제대로 된 협상은커녕 일방적인 통보만 당하다가 끝나셨지요."

그 말에 불편한 내색을 하던 헤데이안이 에기오스를 응시했다.

"녀석의 요구대로 따를 작정인가?"

하이렌시아가 제공하고 있는 후원을 거부한다?

최악의 경우, 마탑의 존망이 위태로워질 수 있는 위험천만한 사안이었다.

왕실을 통째로 움켜쥐고 있는 하이렌시아가와 관계를 끊는다는 건 그만큼 위험한 일.

한데 에기오스의 대답은 의외로 즉각적이었다.

"따를 작정이네."

"……진심인가?"

"대공자가 두 배의 후원을 약속하지 않았는가."

"이런 순진한 사람 같으니. 하이베른가의 사정을 정말 모른단 말인가?"

왕국의 북부, 베른 공작령에서 소출되는 곡물의 양은 남부의 절반에도 미치지 못한다.

왕실에 납부해야 할 세곡도 벌써 몇 년째 밀리고 있다는 소문이 자자했다.

"하이베른가의 사정이나 평판 따윈 이미 나에겐 중요치 않다네."

헤데이안의 표정이 딱딱하게 굳었다.

"설마 녀석 하나만을 보고 그런 결정을 내렸단 말인가?"

"……난 그를 잘 안다네."

아무런 마취 없이 가른 가슴. 펄떡거리는 심장 곁에 혈류마나석의 도식을 새기고 있음에도 그 어린 대공자는 한 번도 비명을 지르지 않았었다.

저주를 안고 살아가는 대공자, 처절하게 삶을 갈망하는 그의 두 눈을 지금도 잊을 수가 없었다.

"자네의 결정은 마탑의 운명과 닿아 있네."

"마탑을 사랑하기에 할 수 있는 결정이지."

"에기오스!"

"아직도 모르겠나. 헤데이안."

"……"

에기오스가 천천히 자리에서 일어났다.

"왕국의 권력 지형은 재편될 것이네."

"루인 생도…… 아니 하이베른가의 대공자 하나가 하이렌시아가의 모든 역량을 맞상대할 수 있을 거라 생각하는 건가?"

"충분히."

피식 웃던 헤데이안이 네레스를 힐끔 쳐다봤다.

"곧 하이렌시아가 측도 마장기를 완성할 것이네."

하이렌시아가의 권속이나 다름없는 소울레스가가 비밀리에 마정석을 모으고 있는 이유는 너무도 명확했다.

마장기의 마력 엔진, 마력핵(魔力核)을 완성하기 위함이었다.

땀을 뻘뻘 흘리는 네레스.

"……이미 알고 계셨습니까?"

헤데이안이 희미하게 웃었다.

"마법사라면 모를 수가 없지. 시장에 마정(魔精)이 씨가 마른 지 오래네. 이 에어라인만 해도 리네오 길드가 모조리 매입하고 있지."

"……"

네레스가 고개를 떨구자 헤데이안이 드베이안을 응시했다.

"수호자께서도 이미 알고 계셨군."

왕실의 주요 인사들이 시장의 모든 마정이 소울레스가에 흘러들어 가고 있다는 사실을 알면서도 침묵하고 있는 건 다른 이유가 없었다.

그 일이 바로 하이렌시아가와 연관 있는 일이었기 때문.

이 르마델 왕국에서 하이렌시가의 일을 방해하고 살아남을 수 있는 귀족들은 존재하지 않았다.

"그동안 귀족들이 쉽게 그들에게 협력했던 것도 완성될 마장기의 존재를 알고 있었기 때문이네."

"하지만 이제 하이베른가도……."

"같은 전력이면 사자(獅子)보단 환상(幻像)을 따르는 게 이 왕국을 살아가는 현명함이겠지."

드베이안의 무뚝뚝한 음성이 들려온다.

"어쨌든 본 왕국의 양대 공작가가 마장기를 보유하게 된다면 결국 르마델의 축복이 아니겠소."

씁쓸하게 웃고 마는 헤데이안.

첨예한 권력의 이해관계 따윈 그에게 중요하지 않았다.

그는 르마델 왕국을 수호자는 자.

참 수호자다운 말이었다.

하지만 권력이 그렇게 아름답게만 작동했다면 인간에게

256 하이베른가의
대공자 7

그런 처참한 전쟁의 역사 따윈 존재하지 않았을 것이다.

"그래서 수호자께서도 1왕자를 옹립할 생각이오?"

"……."

하이베른가의 대공자, 루인의 요구는 국왕의 뜻에 반하는 요구였다.

수호자로서 국왕의 뜻에 반한다는 건 생각하기에 따라 역모의 뜻으로 비쳐질 수도 있는 심각한 사안이었다.

"고민 중이오."

"고민……?"

저 고결한 수호자가 고민을 운운한다는 것은 이미 어느 정도 마음이 기울었다는 의미.

대체 하이베른가의 대공자가 무엇이길래 왕국의 현자와 수호자를 이토록 흔들어 놓을 수가 있단 말인가.

"이거 생각지도 못한 일이오. 마탑을 위험에 빠뜨리는 현자와 모시는 왕의 뜻을 탄핵하는 수호자라."

"비약이 심하시오."

학부장의 집무실 밖으로 나서던 에기오스가 물끄러미 뒤를 돌아본다.

"고매하신 학부장께서 심술이 나셨군."

"심술?"

조금은 여유를 되찾았는지 에기오스는 희미하게 웃고 있었다.

"대공자는 오직 자네에게만큼은 아무런 요구도 협박도 하지 않았지. 그래서 섭섭하셨는가?"

"무슨 소릴!"

속내를 들킨 사람처럼 당황해하는 헤데이안.

"아직까진 대공자가 자네에게 원하는 것이 아무것도 없다는 것을 다행으로 여기게."

사실 어느 정도 새로운 마도를 완성한 루인은 아카데미에 별 미련이 없었다.

루인이 마법학부에 필요한 것이 있었다면 헤데이안은 어쩌면 이들보다 더한 협박을 당했을 수도 있었다.

그런 생각에 이르자 헤데이안은 갑자기 모골이 송연해졌다.

"……정말 하이베른가의 후원을 받겠다는 말인가?"

에기오스가 집무실의 문을 열고 밖으로 나갔다.

열린 문으로 자신을 따라오는 날벌레를 향해 그가 다소 힘빠지게 웃었다.

"이런 추적 벌레가 따라다니는 판국에 지금에 와서 무를 수도 없지 않은가."

묵묵히 고개를 끄덕이는 헤데이안.

결국 그도 납득하고야 말았다.

루인이 기숙사에 돌아왔을 때 월켄은 깨어나 있었다.

그는 루인을 보고도 의외로 당황하는 기색이 없었다.

"몸은 괜찮은 거냐?"

루인의 질문에 자신의 몸 이곳저곳을 살피며 대답하는 월켄.

"투기를 조금 잃었다. 그 외에 별다른 외상은 없군. 아르디아나는? 함께 온 것으로 기억하는데."

"널 치료하고 돌아갔다."

"치료?"

아직 자신에게 닥친 변화를 인지하지 못하는 듯한 월켄에게 루인의 미소가 날아들었다.

"악제의 청염(靑炎)을 치료했다."

"……정말인가?"

자신의 자아와 의지를 잃을 수도 있는 절체절명의 상황.

그런 위험에서 한시라도 빨리 벗어나기 위해 성녀를 찾아 나섰던 월켄이었다.

"아르디아나는 함부로 확언하는 사람이 아니야. 그녀가 치료를 확신했다면 나는 그 말을 무조건 신뢰한다."

그보다 루인은 궁금한 것이 있었다.

월켄의 기억에서 아르디아나는 일개 하녀.

한데 지금 그의 반응은 아르디아나가 초월적인 성녀라는 사실을 이미 확신하고 있는 듯한 태도였다.

분명 렌시아가에서 어떤 특별한 일을 경험한 것이 틀림없었다.

"아르디아나와 무슨 일이 있었던 거지?"

"……."

쉽게 말문을 열지 못하는 윌켄.

루인이 얼굴이 한껏 진지해진다.

"렌시아가에서 그녀의 권능을 경험한 건가?"

"그건……."

그걸 단순한 권능이라고 표현할 수 있을까?

윌켄의 얼굴은 복잡한 감정으로 얼룩져 있었다.

그의 성격을 누구보다 잘 알고 있는 루인. 그는 지금 스스로 확신하는 과정에 놓여 있었다.

모든 감정을 정리하고 객관적인 확신이 끝났을 때, 그는 자신에게 모든 사실을 빠짐없이 털어놓을 것이다.

그의 신중하고 섬세한 성격을 다시 겪게 되니 오히려 루인은 가슴이 따뜻해졌다.

"아직 그날의 일에 대한 생각이 모두 정리되지 않았다. 내가 나중에……."

"아무 말도 하지 않아도 된다."

씨익.

"성녀의 말도 신뢰하지만."

루인이 월켄의 검을 아련한 표정으로 바라보고 있었다.

"내게 검성(劒聖)의 검은 그보다 더한 믿음 위에 있다."

형용할 수 없는 격동이 몰아친다.

악제, 청염, 미래의 파멸.

갑작스럽게 닥친 운명에 모든 것이 혼란스러운 상황이었다.

그래서 루인의 그 한마디에 월켄은 마치 지친 영혼을 위로받는 기분이었다.

"……고맙다."

"별말씀을."

천천히 침대에서 일어나는 월켄.

"이젠 뭘 해야 하지?"

청염이 제거된 상황에서 루인은 굳이 그의 행보를 통제하고 싶진 않았다.

악제의 끄나풀, 아니 직접 악제를 만난다고 해도 이제는 그를 군단장으로 만들 수는 없을 테니까.

청염은 일종의 계약 낙인.

동일한 영혼과 다시 계약할 수 없는 것은 세계의 인과율이 정한 섭리였다.

한데 월켄 스스로가 미래를 자신에게 묻고 있다.

그는 이렇게 수동적인 사람이 아니었다.

루인은 그에게 닥친 혼란이 꽤 심각한 상황이라는 것을 즉각적으로 인지할 수 있었다.

루인이 창밖의 북녘을 바라보았다.

"네 성장을 굳이 내 의지로 통제하고 싶진 않아. 월켄."

검성은 언제고 스스로 길을 찾아갈 위대한 영웅.

오히려 자신의 개입이 부작용을 낳을까 루인은 두려웠다.

한데 월켄이 웃고 있었다.

"왜 웃는 거지?"

한참 동안 말없이 웃고 있던 월켄이 루인을 향해 핀잔을 늘어놓았다.

"이미 내 온 마음과 영혼이 네게 사로잡혀 있다."

"……."

"내게 세상의 미래까지 모두 털어놓은 주제에 뭐? 지금에 와서 각자 살아가자는 거냐?"

루인은 아무런 대답도 할 수 없었다.

말할 수 없이 복잡한 심정.

억겁을 돌아온 대마도사의 오랜 회한이 루인의 얼굴에 그늘을 만들어 냈다.

월켄의 말에 충격을 받거나 동요한 것은 아니었다.

단지 그의 말이 모두 사실이었을 뿐.

"난……."

"대체 뭐가 그렇게 두려운 거지?"

두렵다.

다시 실패할까 봐 두렵다.

오늘의 작은 선택이 모든 것을 망쳐 버릴까 두렵다.

자신 때문에 검성이 영웅이 되지 못한다면, 만약 그에게 다른 운명이 닥친다면…….

이 루인이, 대마도사가 무너져 버릴까 봐 두려웠다.

"이제 보니 바보 같은 녀석이군."

월켄이 검을 등에 멘다.

"내가 죽어 가며 남긴 말, 동료들의 염원에 먹혀 버릴 거라면 애초에 내게 네 과거를 말하지 말았어야지."

"뭐……?"

월켄은 루인의 의문에도 아랑곳하지 않고 기숙사 밖으로 나섰다.

"……어디로 가려는 거지?"

그가 기숙사 문의 손잡이를 잡은 채로 물끄러미 뒤를 돌아본다.

그의 두 눈은 어느새 열정으로 이글거리고 있었다.

"네 아버지를 만날 거다."

"아버지?"

자신의 검을 툭툭 치는 월켄.

"이놈이 지금 그 사람을 만나라고 말하고 있거든."

루인의 얼굴이 조금은 평화를 되찾아 갔다.

"검에 관한 한 넌 역시 변태가 맞다. 이젠 대화까지 하는 거냐?"

"당연한 소릴."

척-

월켄이 다시 뒤돌아선다.

"두려움에 먹히지 마라. 대마도사."

"……."

"과거는 과거일 뿐이잖아."

쾅.

노쇠한 대마도사는 검성이 떠나간 자리를 그렇게 멍하니 바라보고 있었다.

어느새 흘러내린 눈물을 멈출 수가 없었다.

검성.

대마도사의 위대한 등불.

저렇게 월켄은 하나도 달라진 것이 없는 그대로인데, 대체 지금까지 무엇을 그토록 두려워했단 말인가.

월켄의 말이 맞았다.

자신은 과거에 먹히고 있었다.

대마도사의 철저한 계획, 온갖 변수를 악착같이 통제한다고 해도 과거에 매인 이상 나아갈 수는 없었다.

바람의 협곡에서 만났던 시르하.

자신과 함께 생활하고 있는 루이즈.

그리고 하이베른가로 떠나간 월켄.

바람의 대행자, 적요하는 마법사, 위대한 검성의 운명은 이미 자신으로 인해 모든 것이 달라졌다.

"......."

루인은 기억 너머 떠오르는 과거의 동료들을 하나하나 떠올렸다.

그리고 뇌리 깊숙이 각인된 그들의 절규를 차례차례 지워 나갔다.

검성의 말대로 잊어야만 나아갈 수 있다.

두려움에 먹히지 말아야 이번 생을 살아갈 수 있다.

동료들을 향한 죄스럽고 미안한 마음마저 잊어야만, 저 검성의 믿음을 배신하지 않을 수 있다.

그렇게 모든 감정을 비워 냈을 때.

루인의 동공은 허무를 초월한 무한의 열정으로 채워져 있었다.

마법의 경지보다 더욱 중요한 것은 마음(心).

지금 이 순간.

루인은 완전한 대마도사의 경지를 회복했다.

세계를 굽어보던 초월자, 흑암의 공포의 치열한 자아가 다시 되돌아온 순간이었다.

◆ ◇ ◆

루인이 기숙사를 빠져나와 정원을 지나고 있을 때.

수풀 속에서 온몸을 검은 천으로 감싼 사내가 튀어나와 그를 막아섰다.

루인은 마력권으로 이미 그를 감지하고 있었기에 별다른 반응을 하지 않았다.

어쌔신의 살기 따위의 어떤 적의도 그에게서 느껴지지 않았기 때문이다.

더욱이 상대는 정중하게 몸을 숙이고 있었다.

"대공자를 뵙고 싶어 하시는 분이 계십니다."

"하벨자임에서 온 건가."

"……!"

왕실의 하벨자임 궁.

온몸을 검은 천으로 감싼 사내의 채취는 하벨자임 꽃향기로 가득했다.

채취를 지우지 못한 시점부터 사실, 검은 천으로 감싸는 행위 따윈 아무런 의미도 부여할 수 없었다.

"왕비님의 부름이라면 응해야겠지. 안내하라."

이토록 허술한 자를 보낸 것만으로도 라슈티아나 왕비가 처한 현실을 고스란히 느낄 수 있었다.

한데 그가 하벨자임 궁을 향한 안내 대신 품에서 좌표계가 적힌 마법 스크롤을 꺼내고 있었다.

마법 스크롤을 받아 든 루인이 금방 인상을 찡그렸다.

"어이가 없군."

그가 내민 좌표계는 에어라인의 바깥, 즉 지상의 왕궁이었다.

에어라인의 보안 정책상 공간 이동진을 제외한 모든 탈출 행위는 불법.

"지금 나더러 불법을 저지르라는 건가?"

"죄송합니다. 하지만 왕비님께서는 이번 만남을 공식적인 기록으로 남기지 않고 싶어 하십니다."

"……."

라슈티아나 왕비가 왜 자신을 만나려고 하는지는 짐작되는 바는 있었다.

하지만 굳이?

이렇게 불법을 저지르면서까지 그녀와 만날 필요성은 느끼지 못했다.

루인이 마법 스크롤을 그에게 건넸다.

"돌아가라. 나중에 찾아뵙겠다고 전해."

척-

루인이 다시 자신을 막아선 로브의 사내를 무심히 쳐다본다.

"한 번만 더 내 앞을 막아선다면 그땐 제압하겠다."

"……부탁드립니다."

로브 틈으로 드러난 사내의 얼굴이 형용할 수 없는 불안한 감정으로 얼룩져 있었다.

"무슨 일이라도 있는 건가?"

사내의 온몸이 떨리고 있었다.

"왕비님께 무슨 일이 일어나도 이상하지 않은 상황입니다."

라슈티아나.

역사대로라면 다가오는 귀족제, 바라디오에서 스스로 목숨을 끊을 운명.

하지만 '바라디오'까진 아직 몇 년이 남았다.

다시 마법 스크롤을 루인에게 건네는 로브의 사내.

"제발 부탁드립니다."

스크롤을 받아 든 루인이 융합 마력을 끌어올렸다.

"가까이."

로브 사내가 범위 안에 들어오자 루인이 마법 스크롤을 단숨에 찢었다.

찌이익!

화아아아악!

천천히 빛살에 잠식되는 육체, 이내 시야마저 분해됐을 때 격렬한 소음이 들려온다.

고통에 신음하는 로브 사내를 위해 루인이 그에게도 반대 위상의 고주파 술식을 둘러 주었다.

사방에서 풍겨 오는 싱그러운 꽃내음.

구 왕궁의 어딘가가 분명했지만 이 정원은 루인의 기억에 존재하지 않는 장소였다.

힘겹게 정신을 차린 로브 사내가 깊숙이 몸을 숙였다.

"감사합니다. 그럼 저는 이만……."

이내 정원을 둘러보는 루인.

인기척이 느껴지는 곳은 단 한 곳뿐이었다.

저 멀리 정원의 끝자락, 야외 테라스에 서 있는 라슈티아나 왕비.

루인을 발견한 그녀가 천천히 테라스에서 내려온다.

마주 걸어가는 루인.

라슈티아나 왕비를 직접 본 적은 없었다.

하지만 점점 시야에 차오르는 그녀는 기품이 흘러넘치는 왕비, 그 자체였다.

그녀가 얼마나 대역에 충실하려 했는지를 여실히 느낄 수 있었다.

"반가워요. 대공자."

"……."

묵묵히 그녀를 바라보고 있는 루인.

르마델 왕국의 귀족인 이상 왕비에게 정중하게 예를 다해야 마땅했으나 루인은 결코 그럴 마음이 없었다.

이미 모든 진실을 알기 때문이었다.

"나를 왜 보자고 한 거지?"

"……네?"

라슈티아나는 준비했던 말들, 그동안의 의문을 모두 잊어버리고 말았다.

자신을 이렇게 함부로 대한 사람이 지금까지 단 한 명도 없었기 때문.

"그, 그건 1왕자가……."

"아라혼이 무슨 말을 했길래?"

"당신을 만나 보라고…… 그럼 고통에서 해방될 수 있다고…… 그런 알 수 없는 말들을……."

피식.

"바보 같은."

역시 짐작대로 아라혼 때문이었다.

녀석도 왕실의 구성원이라면 왕비의 일이 얼마나 심각한 사안인지 충분히 느끼고 있을 테니까.

왕비 라슈티아나를 살해한 국왕.

그 사실이 외부에 알려지면 르마델은 처참한 전쟁에 휘말릴 수밖에 없다.

그러므로 이 대역 왕비를 제어하는 일은 왕실의 입장에서 가장 중요한 일.

"괘씸한 놈. 감히 나를 부려 먹어?"

"……네?"

"앉아. 힘드니까."

루인에게 오늘은 정말 긴 하루.

아무렇게나 정원의 바닥에 앉은 루인이 물끄러미 라슈티아나를 올려다보고 있었다.

"그렇게 뚱한 표정만 짓지 말고 앉으라고."

"너, 너무 무례한 것 아닌가요!"

"내 앞에서 연기 따윈 안 해도 돼."

"……!"

루인이 웃었다.

"당신이 왕비 대역이란 거 알고 있으니까."

라슈티아나는 그대로 굳어 버렸다.

한 인간이 스스로 목숨을 끊는다는 것.

자살이라는 그 자체의 행위는 의외로 작은 충동에서 비롯된다.

그러나 그런 충동에 이르기까지의 감정은 매우 복잡하며 처절한 고통의 시간.

대역 왕비 라슈티아나.

지금쯤 그녀는 자신의 죽음을 수도 없이 그리고 있을 것이었다.

죽음으로써 되갚아 줄 수 있는 모든 통쾌함을 잠들기 전에 되뇔 것이다.

자신의 죽음이 어떤 결과를 초래할지를 꿈에도 모른 채.

그녀의 죽음이 남긴 가장 잔인한 것은 아라혼의 영혼을 파멸로 이끈 것.

아버지와 그의 왕국을 향한 처참한 증오, 복수에 미친 살인광은 그렇게 탄생했었다.

영혼조차 느껴지지 않는 비어 버린 동공, 온갖 복잡한 감정으로 얼룩진 라슈티아나는 여전히 석상처럼 서 있었다.

모든 사고가 정지되어 아무런 말도 할 수 없었던 그녀에게 루인의 침잠한 목소리가 날아들었다.

"이제는 알겠지. 아라혼이 날 보낸 이유를."

자신이 왕비 대역이라는 사실을 알고 있는 하이베른가의 대공자.

혹시 다른 대귀족들도……?

순간 라슈티아나는 모든 것이 미칠 듯이 두려워졌다.

창백해진 그녀의 얼굴을 올려다보며 루인은 비로소 안심할 수 있었다.

그녀는 아직 스스로 목숨을 끊을 수 없는 상태.

적어도 두려움 따위의 감정이 가슴에 남아 있다면 세상의 미련을 끊을 수는 없을 테니까.

"……어떻게 알았죠?"

풋 하고 웃음이 터진 루인.

이런 흔하고 고전적인 반응이라니.

"다시 말하지만 앉아."

"네······."

라슈티아나는 의외로 차분함을 되찾은 표정이었다.

대역의 비밀 앞에서도 이토록 빨리 평정을 되찾다니, 왕궁에서 보낸 그녀의 삶이 결코 평범하지 않았음을 짐작할 수 있었다.

"모두 밝히실 건가요?"

"전혀."

"왜죠?"

"그럴 이유가 없으니까."

입술을 깨무는 라슈티아나.

"혹시 아라혼 왕자께서도 이 사실을 알고 있는 건가요?"

"물론."

"······."

왕비를 향한 아라혼의 아련한 감정을 누구보다 잘 알고 있는 라슈티아나.

그녀의 눈빛이 다시 흔들리고 있었다.

"걱정하지 마. 생각보다 그리 나약한 녀석은 아니니까. 어디 가서 허술하게 말할 놈도 아니고."

한참이나 감정을 추스르던 라슈티아나가 갑자기 루인을 쏘아본다.

"······애초에 두 분께서 비밀로 할 거였다면 왜 그 사실을 제게 말해 주는 거죠?"

아무렇지 않게 대답하는 루인.

"미리 알려 주려고. 왕국의 모든 귀족들 앞에서 보기 좋게 죽는다고 해도 결코 왕비로 죽을 수 없다는 것을. 왕족들은 끝까지 침묵하겠지만 적어도 나는 알고 있다는 뜻이니까."

대역 왕비의 정체를 들켰을 때보다 더한 충격의 감정이 그녀의 얼굴을 얼룩지게 만들고 있었다.

"……복수도 꿈꿀 수 없다는 얘기군요."

"그래. 이제는 불가능한 일이지. 당신이 죽는 순간 나는 대역 왕비의 정체를 전 왕국에 알릴 거다."

나직이 입술을 짓깨물던 라슈티아나는 이내 강한 의문을 두 눈에 드러냈다.

"제가 죽음을 염두에 두고 있다는 걸 어떻게 알고 계신 거죠?"

피식.

비릿한 비웃음, 루인의 두 눈에서 뿜어져 나온 광기에 순간 라슈티아나는 가슴이 서늘해졌다.

"죽음의 경계에 서 있는 자들의 눈빛이라면 신물이 날 정도지."

"내 눈빛이 어때서……?"

"날 보는 지금 이 순간조차 당신의 눈은 지극히 희극적이야. 내내 흔들리고 불안하지."

"……궤변이군요."

"솔직한 궤변이지."

궤변이 솔직할 수가 있는 건가?

라슈티아나의 얼굴이 싸늘해진다.

위대한 하이베른가의 대공자가 레이디를 앞에 두고 고작 언어도단 따위를 늘어놓을 줄은 몰랐다.

"불쾌하군요."

"의외로군. 귀족이었을 줄이야."

말투와 표정, 그리고 귀족 특유의 고아한 자아.

평민에게 숨길 수 없는 태생적인 한계가 있듯, 평생을 귀족의 예절 속에 살아온 귀족들에게도 반드시 특유의 기품이 드러나게 마련이었다.

대역 왕비는 의외로 평민이 아니었던 것이다.

"귀족의 영애를 함부로 대역 왕비로 세울 순 없지. 데오란츠가 당신에게 무엇을 약속했지?"

라슈티아나가 무엇보다 놀란 것은 국왕을 호칭하는 루인의 태도였다.

왕국을 수호하는 금린사자기의 가문이 함부로 국왕의 이름을 부르는 것은 지극히 이질적인 것.

역적으로 몰려도 이상할 것이 없는 대공자의 태도였다.

그 짧은 순간에 라슈티아나는 루인의 선명한 마음을 읽어내고야 말았다.

"그를 왕으로 인정하지 않는 듯한 태도라면…… 설마 당신……?"

루인이 섬뜩하게 웃는다.

"똑똑하군."

라슈티아나는 살면서 오늘처럼 여러 번 당황한 적은 없었다.

아무리 대역이라지만 엄연히 왕비의 직분을 수행하고 있는 당사자 앞에서 반역의 뜻이라니!

더욱이 그는 평범한 귀족이 아니었다.

르마델의 대공가.

사자의 가문이 품은 반역의 뜻은 결코 가볍지가 않았다.

"어떤 왕자를 차기 국왕으로 옹립할 생각인 거죠? 아니! 과연 성공 가능성은 있나요?"

그 순간, 그녀의 뇌리에 스치는 루인의 음성.

-걱정하지 마. 생각보다 그리 나약한 녀석은 아니니까.

라슈티아나가 깜짝 놀라며 물었다.

"설마 아라혼 왕자님을?"

"호오, 이건 기대 이상인데."

루인은 진심으로 놀라고 있었다.

단순히 인형 같은 대역 왕비라 생각했었는데 지혜가 보통이 아니었다.

대역 왕비가 이 정도의 인물이라면 자신의 계획을 어느 정도 수정할 필요가 있었다.

활용하기에 따라 대역 왕비는 자신에게 큰 힘이 되어 줄 수 있는 인물이니까.

잠시 생각을 정리하던 루인이 라슈티아나를 또렷이 바라보았다.

"실현이 불가능한 일인 것 같은가?"

"……터무니없어요."

현실적으로 불가능한 일.

이건 단순히 왕실에 관한 사안이 아니라 왕국의 모든 귀족을 움직이고 있는 권력 지형에 관한 문제였다.

"현실적으로 불가능해요. 데오란츠 국왕을 후원하고 있는 하이렌시아가나 그들을 따르고 있는 대귀족들은 어떻게 처리하실 거죠?"

경험하면 할수록 놀라운 대역 왕비의 심계.

루인이 흡족하게 웃었다.

"당신이 도와준다면 가능하지."

"……제가요?"

미간을 찡그리며 루인에게서 조금 멀어지는 라슈티아나.

"절 이용할 생각이라면 거절하겠어요. 이젠 신물이 나니까."

아버지의 간곡한 청, 그렇게 가문을 위해 자신의 인생을 송두리째 도려내고 대역 왕비로 살아왔다.

또다시 누군가에게 이용당한다는 건, 정말이지 상상도 하기 싫은 끔찍한 일.

루인은 그녀의 일그러진 얼굴을 무심히 바라보고 있었다.

"이건 당신을 이용하는 게 아니라 거래다."

"역시 포장지는 예쁘겠죠."

경계하는 태가 역력한 라슈티아나의 표정.

루인은 오히려 그런 그녀의 태도가 더욱 마음에 들었다.

"거래의 조건을 한번 들어 보는 건 나쁘지 않잖아?"

"말해 봐요."

루인의 무심한 시선이 저 멀리 희미한 에어라인의 흔적을 좇기 시작했다.

"언제고 때가 되었을 때 당신에게 증언을 요청한다."

"증언이라면?"

"지금까지 데오란츠 국왕에게 당한 모든 객관적인 사실들."

"미, 미, 미친!"

새하얗게 질린 얼굴로 더욱 뒤로 물러서는 라슈티아나.

그 모진 성적 학대의 세월을 여자의 입으로 모두 증언을 해 달라니?

사실상 죽음보다 더한 명예 살인을 스스로 하란 뜻이 아닌가?

그러나 하이베른가의 대공자나 되는 인물이 아무런 의미

도 없는 일에 헛물이나 켜는 사람은 아닐 것이다.

일단 라슈티아나는 루인의 의도부터 읽고 싶었다.

"제가 얻게 되는 것은 뭐죠?"

씨익.

"데오란츠의 완전하고 돌이킬 수 없는 파멸."

"……."

그 순간 라슈티아나는 가슴 속에서 끈적한 무언가가 피어올랐다.

루인은 그렇게 그녀의 얼굴에 얼룩져 가는 욕망의 감정을 결코 놓치지 않았다.

"대공자의 이름으로 확언(確言)하지. 당신의 증언만 있다면 나는 내 모든 것을 걸고 그를 반드시 파멸로 이끌 것이다."

"파멸……."

"그래. 왕실은 그를 르마델의 역사에서 도려낼 거야."

왕들이 가장 두려워하는 것은 후세의 평판.

허나 그런 평판조차 남기지 못하고 역사에서 지워지는 것은 왕으로서 죽음보다 더한 불명예일 것이다.

한데 의외로 라슈티아나의 얼굴에 떠오른 감정은 허탈함이었다.

"애초에 성사될 수 없는 거래였네요."

"뭐……?"

이해하지 못하겠다는 듯한 루인의 반응.

과거, 그녀의 죽음에는 목적이 있었다.

왕실에 대한 복수의 감정.

또한 반드시 데오란츠의 파멸을 바랐을 것이다.

"왜지?"

"제가 대역 왕비가 되는 조건으로 그에게 약속받은 것이 있어요."

"말해 봐."

어느새 한 서린 자조가 그녀의 입가로 번지고 있었다.

"6왕자 케튜스. 제 동생이 그와 혼인하기로 되어 있어요."

"……"

루인은 그녀가 속한 가문의 잔인함에 치를 떨었다.

"언니는 대역 왕비의 진창으로 던져 버리고 어린 여동생은 진짜 왕비로 살게 한다라……."

사랑하는 딸을 희생시키는 대가로 역설적이게도 다른 딸의 행복을 추구하다니.

매번 느끼는 거지만 이 빌어먹을 귀족들의 사고방식은 때론 하류층의 천민보다 더욱 천박하다.

"그래. 이제야 당신의 입장이 모두 이해가 되는군."

그녀가 데오란츠 국왕에 대해 증언을 하고 1왕자 아라혼을 왕으로 만든다면.

대역 왕비로 지낸 지금까지의 모든 희생이 물거품이 되는 것.

케튜스 왕자는 지금 아라혼의 정적이나 다름없었다.

아라혼이 국왕이 된다면 케튜스 왕자와 그를 지지했던 귀족들을 남김없이 징치할 것이다.

그것이 냉정한 권력의 세계.

딸을 지옥으로 내몬 그녀의 가문이 얻을 수 있는 것은 추락한 딸의 명예만이 전부일 것이다.

"모두 못 들은 걸로 하겠어요. 그래도 누군가 내 진실된 정체를 알고 있다는 게 나쁘지만은 않네요."

가문을 위해 살아온 인생을 모두 도려낸 여인.

그녀의 고귀한 희생을 루인은 감히 함부로 평가할 수 없었다.

루인이 자리에서 일어났다.

그리고는 다시 예의 무심한 감정으로 라슈티아나를 내려다보았다.

"아라혼을 어떻게 생각하지?"

"네……?"

"조금 이른 말이지만, 이 일은 르마델 왕실의 죄업을 감당해야 할 녀석의 무게이기도 하니까."

"그게 무슨 말……."

루인이 웃었다.

"나는 지금 당신의 동생의 짝으로 아라혼은 어떠냐고 묻고 있는 거다."

"그, 그런!"

피식.

"모든 명예를 회복한 후에 당신이라면 더욱 좋겠지만 꼴을 보니 동생의 행복을 빼앗을 언니같이 보이진 않는군."

"……."

형용할 수 없는 복잡한 감정이 그녀의 얼굴에 얼룩진다.

루인은 추스를 그녀의 감정을 천천히 기다렸다.

"……정말 성공할 수 있나요?"

"그런 인간은 살아 있을 가치가 없다는 것을 모두에게 증명해 보이지."

국왕 데오란츠의 파멸.

목숨을 바쳐서라도 반드시 해내고 싶은 그 일을 이 하이베른가의 대공자가 대신 해 주겠다고 말하고 있었다.

고요한 파도처럼 잔잔한, 끝 모를 정도로 깊고 깊은 대공자의 두 눈.

사자의 분노, 천 년 대공가의 의지가 그의 눈빛에서 살아 숨 쉬고 있었다.

라슈티아나가 일어났다.

그리고 당당히 그를 마주 바라보았다.

"거래를 승낙하겠어요."

이제 지금부터 중요한 것은 신뢰.

"운명을 함께할 레이디님의 영명은?"

그녀가 루인을 향해 웃었다.

"브아즈린. 내 이름이에요."

손을 내밀며 마주 웃는 루인.

"나는 루인. 함께 거사를 도모하게 돼서 영광이다."

◆ ◈ ◆

최근의 쟈이로벨은 제법 이상했다.

그가 직접 강신체(降神體)로 인간계를 활보하는 건 수백 년 만의 일.

한데도 렌시아가에 다녀온 과정에 대해서는 일체의 언급도 하지 않고 있는 것이었다.

벌써 몇 번을 재잘거려도 이상하지 않을 쟈이로벨이 한마디도 입을 열지 않고 있는 것.

그와 오랜 세월을 함께 보내 왔지만 이런 태도를 보이는 경우는 처음이라서 루인은 의구심만 끝없이 늘어 가는 중이었다.

"끝까지 말하지 않을 테냐?"

…….

여전히 대답이 없다.

중간에서 눈치만 늘어 가고 있는 건 역시 아므카토.

-혹시 제가 뭐 잘못한 거라도……?

아므카토는 그야말로 죽을 맛이었다.

그에게 쟈이로벨이란 자신이 모시는 광염 지대의 군주, 에오세타카와 비견되는 광대한 존재.

그런 하늘 같은 존재감을 지닌 마계의 군주와 같은 인간의 영혼 안에서 살아가고 있으니 제정신을 유지하기가 힘든 것이다.

그에겐 계약한 숙주가 아닌 이렇게 아무런 율(律)도 정해지지 않은 인간의 영혼에 기생하는 것조차 처음 있는 일.

기숙사로 돌아온 루인이 침대에 걸터앉으며 피식 웃었다.

"넌 충분히 잘하고 있으니까 괜히 쫄지 말라고. 안 그래도 적당한 때가 되면 정신 강화계 룬마법 하나 정도는 내가—"

-지금 뭐라고 지껄이는 것이냐……?

"뭐 닳는 것도 아닌데 하나 정도는 전수해 줘도 상관없잖아?"

-미친!

마도구라면 몰라도 고유의 권능은 자식이나 권속에게도 나누지 않는다.

그것이 마계의 전통적인 가치관.

"인간계에서 활동하던 에오세타카의 권속들이 악제의 영혼 포집술에 모두 당해 버렸다면 어차피 열광 지대는 해체 수순이다. 이놈을 네 휘하에 받아들이는 건 어때?"

쟈이로벨의 영언에는 혐오의 감정이 가득 묻어 나오고 있었다.

-내가 이 미천한 놈을 왜 거둬야 하는 거지?

"서로 도우면서 살아. 너도 므드라에게 쫓기는 입장은 똑같잖아. 갈 곳이 없는 건 이놈도 마찬가지라고."

인간계로 투신한 마족들의 목표는 뻔하다.

최후의 희망.

인간들의 영혼을 유혹해 권능 강화의 발판으로 삼고, 역전과 재기의 기회를 노리고 있는 것이다.

-이기적인 인간 놈!

벌레왕 아므카토를 자신과 엮으려는 루인의 의도는 너무 뻔하고 노골적인 것이었다.

놈이 자신의 휘하로 들어온다면 맹약대로 혈우(血雨)의 권능을 나눠 줘야 했다.

에오세타카의 권능, '열광의 기운'을 받지 못해 방황하고 있는 아므카토가 그보다 더 강력한 자신의 권능을 나눠 받게 된다면 그 격(格)이 훨씬 올라가게 될 터.

결국 벌레 놈의 강화된 권능은 고스란히 저 루인이 부려 먹을 수 있게 된다.

루인은 여전히 벌레왕의 능력에 불만이 많은 눈치.

"여기서 스무 마리 정도만 더 늘릴 수 있다면 좋을 텐데 말이지."

얼마 전, 르마델의 현자와 초인 일행에게 붙였던 벌레까지가 아므카토가 지닌 권능의 한계.

벌레를 더 늘렸다간 아므카토의 정신 체계가 붕괴될 수 있는 상황이었다.

지금도 그 임계점의 경계에 서 있는 상태.

지금은 벌레들이 활발하게 활동하지 않는 낮 시간이라 좀 덜하지만, 밤이 되면 아므카토는 또다시 처참한 고통의 신음을 흘려 댈 것이었다.

-지, 지금도 죽을 것 같습니다만……?

과거와 전혀 달라진 아므카토의 태도.

그는 이미 루인이 인간이라는 것조차 잊어버린 지 오래였다.

마신 쟈이로벨의 아공간, 헬라게아를 자유자재로 활용하는 장면을 본 후로 그는 루인을 더 이상 인간으로 여기지 않았다.

게다가 이미 아득하고 광활한 루인의 영혼을 직접 경험한 후.

"고작 남부의 가문 몇몇과 초인급 강자들에게 몇 마리 붙였다고 권능이 동이 나 버려? 아니 그래도 명색이 마장(魔將)인데 너무 한심한 거 아니냐?"

……:

아므카토는 어처구니가 없었다.

얼핏 보면 벌레를 다루는 자신의 권능이 한심해 보이겠지만 엄연히 에오세타카 님도 인정하셨던 권능.

정보전에서 압도적인 우위를 가능하게 해 주는 이 권능이야말로 자신을 마장으로 이끈 가장 강력한 원동력이었다.

더욱이 진영 내의 첩자나 배신자를 솎아 낼 때 역시 에오세타카 님이 가장 신뢰하던 권능이었다.

"쟈이로벨. 이놈을 마왕급으로 만들어 줘. 기운 조금 나눠 주는 건 일도 아니잖아?"

-닥쳐라!

"계속 그렇게 비협조적으로 나오시겠다⋯⋯?"
루인의 묘한 어조에 점점 불안해지기 시작하는 쟈이로벨.
결국 울분이 터져 나왔다.
마치 마족에겐 없는 인간의 눈물이 날 것만 같은 심정이었다.

⋯⋯넌 내가 불쌍하지도 않은 것이냐?

회복되는 즉시 쪽쪽 빨리는 진마력.
그것으로도 모자라 므드라에게 패해 약해진 상황에서 혈
우의 권능까지 저 빌어먹을 벌레 놈에게 나눠 주라니⋯⋯.

-쟈, 쟈이로벨 님!

위대한 마신의 대사라곤 믿을 수 없는 한마디.
아므카토는 루인이 더욱 몸서리치도록 두려워졌다.
루인이 고개를 절레절레 흔들며 한숨을 내쉬었다.
"후⋯⋯ 악제를 상대하는 게 그럼 쉬울 줄 알았냐?"

⋯⋯.

"그렇게 계속 나약하게 굴 거면 내 영혼에서 꺼져라. 아무리 너라도 도움도 되지 않는 마신 따위와 함께 일을 도모할 생각은 없으니까."

예전과는 판이하게 달라진 쟈이로벨의 태도에 루인은 다소 화가 난 상태.

분명 뭔가가 녀석에게 큰 영향을 준 것은 틀림없는데, 정작 말을 해 주지 않으니 마음이 안개 속에 있는 것처럼 답답하기만 했다.

──······시간이 필요하다.

마신답지 않은 초초함이 느껴진다.

결국 루인은 그런 달라진 쟈이로벨을 받아들일 수밖에 없었다.

"그러지."

그때 아므카토의 조심스러운 영언이 들려왔다.

-정말 저희 권속들의 흔적을 아무것도 발견하지 못하셨습니까?

-그렇다.

아므카토로서는 이해할 수 없는 일.

에오세타카 님의 권능, 열광의 기운을 공급받지 못하고 있는 광염 지대의 권속들은 대부분 인간계에 진입한 상태.

특히 르마델 왕국은 '존재'들의 입김에서 비교적 자유로운 곳이었다.

자신이 알고 있는 권속들만 해도 상당수가 르마델 왕국에서 활동하고 있는데 한 명도 추적하지 못했다고?

저 무시무시한 마신이?

신격(神格)에 이른 마족의 권능이 얼마나 광대무변한 것인지를 뼈저리게 경험한 입장에서는 쉽게 믿기 힘든 말.

그런 의심은 루인도 마찬가지였는지 그의 표정이 금방 묘하게 굳어졌다.

"정말 아무런 영격도 추적하지 못했다고?"

마신 쟈이로벨.

영혼을 다루는 능력에 관한 한 마계 제일의 능력을 지닌 신격.

미약한 흔적만으로도 끈질기게 영혼을 추적하던 쟈이로벨을 수도 없이 경험한 루인이었다.

얼마 전까지만 해도 가문의 지하 유적에서 단숨에 사흘의 사념을 찾아내지 않았던가?

하지만 여전히 어떤 대답도 하지 않는 쟈이로벨.

루인이 짜증을 내며 침대 위에 벌렁 누웠다.

'도대체 성녀와 무슨 일이 있었던 거지?'

의문에 의문이 꼬리를 물었지만 지금으로선 알 수 있는 방법이 없었다.

루인이 어지러운 마음을 달래기 위한 심상 수련에 점점 빠져들기 시작했다.

Chapter, 50

마법학부에서 지급된 예복을 입고서 거울에 이리저리 자신을 비춰 보고 있는 시론.

그런 그의 얼굴엔 흡족한 미소가 가득했다.

"역시 옷이 날개군."

예복의 화려함에 가슴이 부푼 것은 세베론 역시 마찬가지.

"아직 1등위 생도의 견장도 받지 못했는데 말로만 듣던 생도 예복을 입어 볼 줄은 꿈에도 생각하지 못했어."

생도가 아카데미의 예복을 지급받는 것은 일종의 훈장이나 포상 같은 의미.

뛰어난 연구 업적을 남기거나 타국의 생도와 겨뤄 왕국의 이름을 높이지 않은 이상, 결코 쉽게 받을 수 없는 진귀한 포상이었다.

왕립 무투대회의 우승은 그만큼 생도로서 대단한 업적인 것이다.

덜컹-

"준비 끝났어요?"

갑작스럽게 기숙사 문을 열고 들어온 다프네.

시론과 세베론은 그녀를 쳐다보며 그대로 굳어 버렸다.

"다, 다프네……?"

"음? 왜요?"

그녀는 실로 빛이요 하늘이었다.

마치 이 비루한 남자 기숙사 내부가 순식간에 밝아진 것만 같은 느낌.

화려한 생도 예복을 입고 나타난 다프네는 인간의 언어적 수사로는 형용할 수 없는 무언가가 느껴질 정도였다.

이제는 그녀가 말로만 듣던 요정인지 인간인지도 헷갈릴 지경이었다.

"빨리 나와라."

문 안으로 빼꼼히 내민 리리아도 놀랍기는 마찬가지였다.

단아하게 올린 머리, 간단한 화장만 했을 뿐인데도 평소와는 아예 다른 여자처럼 느껴질 정도.

게다가 생도 바지가 아닌 예복 드레스를 입고 있으니 그녀가 여자였다는 걸 비로소 실감하는 시론이었다.

"맞아. 너도 여자였어……."

이마를 찡그리는 리리아.

"뭐라는 거냐. 빨리 안 나와? 다들 기다리고 있다."

"루인은?"

창밖을 힐끗거리는 리리아.

"저기."

그녀의 시선을 따라 시론이 복도의 창밖을 살폈다.

"뭐, 뭐야? 저게?"

루인이 엄청난 생도 무리들에게 둘러싸여 있는 것이다.

"저런 지 꽤 됐다."

"허? 기사 생도 선배들이 죄다 몰려온 것 같은데?"

우람한 근육 덩치들이 고함을 지르며 루인에게 몰려드는 생도들을 통제하고 있었다.

황혼 선배들뿐만이 아니라 이제는 거의 모든 아카데미 선배들의 관심을 받고 있는 것이다.

"가, 가 보자!"

"응!"

◆ ◇ ◆

하이베른가의 대공자가 서 있었다.

화려한 금장 수실.

멋들어진 예복 망토.

아무렇게나 반쯤 흘러내린 머리, 감정 없이 희미하게 뜬 그의 눈빛은 신비롭기 짝이 없었다.

시론은 그런 루인을 멍하니 쳐다보고 있었다.

예복을 입고 나타난 그의 귀족적인 분위기는 대공자라는 이름에 너무나도 걸맞은 것이었다.

자신도 어디 가서 꿀리지 않는 현자의 손자인데 이건 뭐 아예 종(種) 자체가 다른 느낌.

"늦었군. 빨리 가지."

"어? 어! 알겠다!"

그때, 두꺼운 몇 개의 손이 루인의 예복 자락을 부여잡았다.

"자, 잠깐! 잠깐만요!"

"대공자님!"

루인이 무심히 뒤를 돌아보았을 때, 몇몇 황혼의 생도가 짙은 열망의 눈빛을 드러내고 있었다.

"하이베른가의 후원 생도가 되고 싶습니다……."

"저도……."

피식.

루인은 저들이 얼마나 노력했는지를 잘 알고 있었다.

고고한 기사 생도로 군림하던, 아카데미의 포식자였던 놈들이 매일같이 청소부를 자처하며 마법학부의 정원과 마당을 가꾸고 있었다.

더욱이 들려오는 소문에 의하면 황혼 녀석들의 악행이 순식간에 사라져 버렸다.

행실을 보겠다는, 갱생하는 모습을 보여 달라는 자신의 말을 충실하게 이행한 것이다.

"구켄타, 그리고 넌 디라노였나."

마법 생도들에게 정기적인 상납을 강요했던 구켄타와 여마법 생도를 추행했던 디라노.

자신들을 기억하고 있는 루인에게 감동이라도 한 건지 구켄타와 디라노가 연신 허리를 숙여 댔다.

"예! 맞습니다! 대공자님! 제가 디라노입니다!"

"구켄타입니다!"

묵묵하게 고개를 끄덕이는 루인.

"너희들의 유적으로 가서 기다려라. 시상식이 끝나면 찾아가도록 하지."

환하게 밝아지는 구켄타의 얼굴.

"정말이십니까?"

"가, 감사합니다!"

문득 루인은 의문이 들었다.

"한데, 너희들의 리더 생도가 이 일에 대해 허락은 한 건가?"

그때.

스윽스윽

저 멀리서 정원을 쓸던 소리가 잦아든다.

빗자루를 들고 헤- 하고 웃고 있는 기사 생도는 놀랍게도 '황혼의 야생마' 올칸이었다.

포효하는 황혼의 리더 생도가 빗자루를?

"흐, 자, 잘 지냈지?"

아직도 루인에게 맞은 멍 자국이 선명한 그가 허연 이를 드러낸 채 가슴 근육을 씰룩이고 있었다.

◆ ◇ ◆

왕립 아카데미의 로비홀.

예복을 입고 기다리고 있는 목소리 생도들에게 날아든 것은 비공개 시상식이라는 어처구니없는 소식이었다.

"비공개……?"

"아니, 그게 말이 돼? 다시 확인해 봐요!"

황당하다는 듯한 시론과 세베론의 반응.

역대 무투대회의 시상식이 얼마나 화려한 영예였던가.

하지만 운영위에서 나온 직원은 연신 앵무새 같은 말만 반복하고 있을 뿐이었다.

"다시 말씀드리지만 이번 시상식은 비공개로 결정되었습니다. 이의를 제기하실 거면 정식으로 운영위의 절차를 밟아 주십시오."

꾸벅 인사를 건네더니 이내 사라져 버린 운영위 직원.

다프네의 얼굴이 차가워진다.

"뭔가 불길한 예감이 드는군요."

〈어떤 불길함이죠?〉

루이즈에게도 운영위의 이번 결정은 뜻밖이었다.

왕립 무투대회는 규모 면으로나 명성 면으로나 르마델 왕국의 제법 중요한 행사.

이미 수천 명이 지켜본 무투대회의 시상식을 비공개로 처리하는 건 도무지 상식 밖의 일이었다.

모두가 루인을 바라본다.

하지만 그는 무표정한 얼굴로 앉아 있을 뿐 의외로 아무런 반응이 없었다.

〈루인 님도 짚이는 것이 아무것도 없나요?〉

루인이 피식 웃었다.

"아니. 너무 뻔한 일이라서 오히려 생각할 필요조차 없지."

의심할 여지 따윈 없는 렌시아가의 술수.

하이베른가에게 돌아갈 영예를 빼앗고 싶은 건 이 르마델 왕국에서 렌시아가와 그들을 따르는 무리들밖에 없었다.

아, 그러고 보니 그 무리들 중에는 데오란츠 국왕도 포함되어 있었지.

루인이 자조적으로 웃자 루이즈는 당황스러운 얼굴을 했다.

〈그럴 리가…… 아무리 그래도 그들도 국왕님의 신하인데 그런 짓을 할 리가 없잖아요?〉

아직 어린 자신의 동료들은 이 모든 일이 오히려 그 국왕과 관련 있는 일이라고는 생각조차 하지 못하고 있었다.

리리아가 무심하게 입을 열었다.

"됐다. 어차피 포상만 제대로 받으면 아무런 문제도 없다. 시끄러운 것보다 오히려 좋아."

〈그래도…….〉

이건 그런 현실보단 꿈의 문제.

전 생도들이 보는 앞에서 우승자의 영예를 거머쥐는 광경을 상상해 온 친구들에게는 모든 것을 박탈당하는 기분으로 다가갈 것이다.

"어쨌든 가자."

루인이 소파에서 일어나 걸음을 옮겼다.

"또 무슨 수작을 부려 놨는지 궁금하기도 하군."

루인을 따라나서는 목소리 생도들의 표정이 긴장감으로 물들고 있었다.

◆ ◈ ◆

에어라인의 공중 왕실.

루인이 화려한 에메랄드로 치장되어 있는 내빈실을 담담한 눈으로 살피고 있었다.

예상대로 내빈실을 채우고 있는 사람들은 죄다 렌시아가 계열의 귀족들이었다.

무엇보다 저 중앙 귀빈석, 불새 문양의 로브를 온몸에 드리운 자.

루인은 그를 보는 즉시 알 수 있었다.

그가 환상검제 레페이온의 동생, 렌시아가의 진정한 꾀주머니라는 세파이온의 젊은 모습이라는 것을.

렌시아가의 지혜.

남부의 현인(賢人).

사실상 렌시아가의 모든 입장과 전략은 저 남자의 머리에서 비롯되는 것.

렌시아가가 구가하고 있는 당대의 찬란함은 모두 저 남자의 지혜로 빚어낸 결과물일 것이다.

루인은 그런 세파이온의 눈빛과 잠시 얽혔다.

의외로 그는 자신을 보자마자 사람 좋게 활짝 웃고 있었다.

루인도 그에게 마주 웃어 주었다.

그러자 그는 목젖이 울렁거릴 정도로 호탕하게 웃더니 금방 안색을 바꾸었다.

루인의 표정이 굳었다.

곁에서 소곤거리는 시론.

"하이렌시아가의 귀족 같은데? 아는 사람이야?"

불새 문양의 로브를 몸에 드리울 수 있는 사람은 하이렌시아가의 고위 귀족들밖에 없었다.

"글쎄."

전생을 말하는 거라면 아는 사람이었다.

인류 연합을 결성하기 전, 여러 항전 집단으로 나뉘어 있을 당시 그는 북부 왕국들의 지도자였다.

악제의 군단에 의해 처참하게 패배하기 전까지만 해도 그는 꽤 명성을 떨치던 장군이었다.

-놈의 영혼에서 신족(神族)의 냄새가 난다!

갑작스런 쟈이로벨의 반응은 루인을 당황시키기에 충분했다.

'타이탄? 저자가?'

*-순수한 신족은 아니다! 혼혈로 희석되었군! 아마도 모계
나 부계의 조상 중에 타이탄족이 얽혀 있을 것이다!*

그렇게 말하면서도 쟈이로벨은 아직도 당황하는 중이었
다.

신족이라 불리는 타이탄족이 인간의 가문과 얽혀 있다는
사실부터가 쟈이로벨이 알고 있는 상식과는 부딪치고 있었
기 때문.

타이탄족들은 철저한 씨족 중심의 사회를 구성하는 존재
들.

자신들의 순수성을 지켜 내기 위해 그들은 근친혼의 문화
를 영구적으로 유지해 온 종족이었다.

'이상하군. 내가 알기로…….'

*-그래. 그들은 타 종족과 혈통이 얽히는 것을 극도로 혐오
하는 종족이지. 정말 기이한 일이군.*

아직 구체적인 것은 알 수 없었다.

하지만 타이탄족이 렌시아가의 혈통 자체에 얽혀 있다는
사실은 매우 중요한 정보.

-분명한 것은 그들의 정체성 자체를 부정할 만한 대사건이

그들과 렌시아가 사이에 있었다는 것 정도겠지.

'권능의 약화를 각오할 만한 사연이 있었다는 건가?'

대답 없이 다시 침묵하는 쟈이로벨.

평소에 하찮게만 생각했던, 머나먼 옛날에는 인간들을 작물처럼 섭식(攝食)했던 신의 종족.

그런 신의 종족이 스스로의 운명을 인간, 그것도 고작 한 가문에 걸었다라.

그때, 내빈실의 문이 열리며 데오란츠 국왕의 보좌가 들어와 소리쳤다.

"국왕 폐하께서 입장하십니다!"

대신과 귀족들이 모두 자리에서 일어나 국왕을 맞이했다.

한데 국왕은 혼자 내빈실에 도착한 것이 아니었다.

고개를 숙인 채 눈을 힐끔거리던 시론이 깜짝 놀랐다.

"크라울시스 대공자……?"

예복을 입고 국왕 데오란츠와 함께 내빈실에 등장하고 있는 생도들.

그들은 다름 아닌 자신들의 결승전 상대였던 크라울시스의 팀이었다.

뭔가 일이 묘하게 돌아가고 있음을 직감한 루인이 표정을 굳히고 있을 때.

세파이온의 과장스러운 웃음소리가 들려왔다.

"하하! 폐하께서 친히 저희 대공자와 함께 드실 줄은 몰랐
사옵니다! 영광이옵니다!"

기다렸다는 듯한 그의 반응.

루인은 이 모든 게 연출이라는 것을 즉각적으로 인지할 수
있었다.

푸근하게 웃고 있는 국왕 데오란츠.

"르마델을 짊어질 보배들이 큰 부상을 당했다길래 걱정돼
서 찾아갔네만…… 다행히 별 탈이 없어서 다행일세."

"황공하옵니다!"

"황공하옵니다!"

일제히 공손하게 허리를 숙이는 귀족들을 바라보며 루인
은 비릿하게 웃고 있었다.

이런 단순한 힘의 과시라니?

남부의 현인이라는 세파이온의 술수라고는 믿을 수 없을
정도로 저급하고 조잡했다.

이건 뭐 의도가 너무 훤히 보여서 차라리 귀여운 수준.

국왕의 곁에 선 세파이온은 시선으로 루인 일행을 가리켰
다.

"예복을 입고 달려온 생도들에겐 미안한 일이지만, 왕국은
이번 무투대회의 대전 결과를 모두 무효로 정리하기로 했네."

다프네의 당황한 심정이 고스란히 토해진다.

"……무효라니요?"

대답은 다른 인물에게서 흘러나왔다.

천천히 자리에서 일어난 노인은 놀랍게도 베벤토 학장이었다.

"생도들의 순수한 실력을 가리고 왕국의 이름을 드높이는 것이 왕립 무투대회의 근본적인 목적. 허나 본 운영위는 금번 왕립 무투대회를 그런 순수성이 훼손된 대회라고 결론을 내렸소."

어느덧 사납게 변한 다프네의 눈빛.

"오랜만에 뵙네요. 베벤토 학장님."

"다시 보게 돼서 반갑네. 다프네 양."

"운영위가 내린 결론의 근거를 말씀해 주시겠어요?"

현자의 수제자답게, 국왕과 주요 귀족들 앞에서도 다프네는 당당했다.

베벤토 학장은 일체의 감정도 섞이지 않은 사무적인 목소리로 준비해 온 말들을 다시 늘어놓기 시작했다.

"결승전에서 활용된 마도구의 문제네. 특히 자네들은 정체를 알 수 없는 마도구들을 너무 과하게 사용했네. 운영위는 그 일을 순수한 실력을 가리는 무투대회의 정신을 훼손한 행위로 판단하였네."

다프네가 황당하다는 듯 되물었다.

"무투대회의 어떤 규칙에도 마도구를 활용해선 안 된다는 조항은 없었어요! 게다가 먼저 마도구를 활용한 측은 저희 상대팀입니다!"

나직이 고개를 끄덕이는 베벤토 학장.

"인정하네. 애초에 이건 규칙의 문제가 아니니까."

"그럼 운영위의 결론이 말도 안 된다는 것쯤은 알고 계시겠네요!"

"국왕 폐하께서 계신 자리네. 자중하게, 다프네 양."

"아…… 하지만……!"

그때 국왕 데오란츠의 보좌가 움직였다.

이내 그가 세파이온 측이 건넨 자루를 받아 들더니 거꾸로 뒤집었다.

우르르르-

그것들은 루인 일행이 익히 알고 있는 아티펙트들이었다.

다름 아닌 크라울시스와 그의 팀원들이 착용했던 마도구들인 것이다.

다시 말을 이어 가는 베벤토 학장.

"더욱이 크라울시스 생도의 팀이 동원했던 마도구들은 모두 르마델 왕국 각지의 가문에서 빌리거나 양도받은, 한마디로 왕국의 마도학자들에게 검증된 아티펙트들일세."

"……"

"한데 자네들은 어떤가? 굳이 형평성을 따지고 싶다면 이 자리에서 검증해 줄 수 있겠는가?"

음흉하게 웃고 있는 세파이온을 바라보는 루인.

루인은 세파이온의 진정한 의도가 이것이었다는 것을 비로소 깨달았다.

놈에게도 마도학자가 붙어 있다면 시론과 세베론이 착용하고 있던 갑주들의 비범함을 이미 파악했을 터.

왕국의 안위를 위협할 저주받은 마도구, 혹은 함부로 에어라인에 반입한 사실을 문제 삼는다면 처벌을 받을 수 있는 중대한 사안으로 비화될 수가 있었다.

우승 포상은커녕 왕실 감옥에 갇힐 수 있는 심각한 문제인 것이다.

"자네들이 왕국에 해를 끼칠지도 모르는 위험한 마도구들을 보유하고 있는 것이 사실이라면 이는 단순한 무투대회의 문제가 아닐세."

입술을 깨물며 루인을 쳐다보는 다프네.

일체의 감정조차 배제된 차가운 미소가 루인의 입가에 비틀린다.

"꽤 따가운 지적이군요."

어떤 것도 선택하기 힘든 상황.

만약 헬라게아에서 마도구를 꺼내 왕실 마도학자들의 검증을 받는다면 그 출처가 마계(魔界)라는 것이 반드시 드러날 테고.

마도구의 검증을 거부한다면 그 역시 운영위의 명령을 어긴 생도로 취급을 받을 테니 역시 우승 포상은 물 건너가는 것.

게다가 자신을 마도구도 공개하지 못하는 미심쩍은 인물로 낙인을 찍는 셈이니 정치적인 목적도 상당 부분 달성한다고 볼 수 있었다.

루인은 단순한 수라고 조롱했던 처음의 생각을 철회했다.

암, 이 정도는 해 줘야 현인(賢人)이라고 불릴 수 있는 거겠지.

"이미 그런 결론을 내리셨다면 우승자의 자격을 박탈한다고 통보하면 그만인 문제. 한데도 이렇게 부르셨다는 건 다른 목적이 있는 거겠지요."

베스키아 리움.

수천 명의 군중이 모두 승자를 확인했다.

그렇게 쉽게 결론 내리기엔 이 문제는 결코 가벼운 문제가 아니었다.

왕립 무투대회의 명성과 전통이 무너질 수도 있는 심각한 사안.

세파이온이 루인을 노려본다.

"두 가지를 제안하지. 하이베른가의 대공자."

손가락 두 개를 펼쳐 보이며 비릿하게 웃고 있는 세파이온.

루인은 무감각한 얼굴로 침묵하고 있는 데오란츠 국왕을 바라보며 마음이 착잡해졌다.

이게 무슨 왕국(王國)이란 말인가.

"제안해 주시죠."

"첫 번째는 그대의 마도구들을 모두 검증받고 실력의 순수를 증명하는 것이네. 하지만 아마도 불가능할 테지?"

분명 자신들이 보유하고 있는 마도학자를 통해 무언가를 알아낸 모양.

"남은 하나는 간단하네. 부정한 방법을 동원했다는 것을 스스로 시민들에게 고백하고 우승자의 권한을 내려놓으시게."

이게 사실상 저 세파이온이 원하는 그림일 터.

한데 그렇게 외통수에 몰았다고 자신하고 있던 세파이온의 표정이 조금씩 일그러졌다.

루인의 미묘한 표정.

어딘가 모르게 여유로워 보이는 놈의 태도가 불길하다.

분명 그건 패배자의 얼굴이 아니었다.

"글쎄요. 저 녀석들도 모두 동의한 건지? 명예로운 패배 또한 생도의 권리일 텐데 말입니다."

그때.

"기사의 명예가 부끄럽지 않은 대결이었습니다."

잘못 들었나 싶어 몇 번이고 눈을 껌뻑거리고 있는 세파이온.

"넌……?"

하이렌시아가의 방계 검수이자 랭킹 1위에 빛나는 이명 생도.

브홀렌 네시우스 니스할.

그가 천연덕스럽게 대꾸하고 있었다.

"저 후배들의 마도를 철저하게 상대해 본 당사자로서, 운영위의 이번 결정을 저는 동의할 수 없습니다."

"브홀렌!"

벌떡 일어나며 브홀렌을 노려보고 있는 크라울시스 대공자.

아, 그쪽은 브홀렌이 아니라.

내가 심어 둔 용이라고.

세파이온의 얼굴에는 당황한 기색이 가득했다.

설마하니 가문의 방계 기사 따위가 훼방을 놓을지는 꿈에도 몰랐기 때문.

그렇게 세파이온이 얼굴을 일그러뜨리고 있을 때 학장 베벤토의 신경질적인 목소리가 들려왔다.

"저 마법 생도들의 갑주가 그대들의 검술을 모두 무효화시키는 걸 분명 지켜보았네."

"예. 하지만 저희도 안티 매직 아티펙트를 활용했습니다."

"자네들의 것은 마도학자들에게 공인된 정식 마도구들이네. 출처가 불분명한 마도구들과는 비교를 불허하지."

"……"

"다시 말하지만, 불합리하다고 생각한다면 무투대회에서 사용했던 마도구들을 공개하고 마도학자들의 검증을 받으면 그만인 일이네."

루인은 여전히 웃고 있었다.

끝까지 부정한 방법을 동원했다고 몰아갈 기세.

결국 대전 결과를 무효로 선언한 후 끝내는 몰수패로 결승전을 조작할 것이었다.

하지만 이렇게 대놓고 술수를 부려 주면 오히려 고마운 일.

아직 저 세파이온은 하이베른가의 대공자를 얕잡아 보고 있음이 틀림없었다.

그때.

"국왕 폐하. 제가 한 말씀 올려도 되겠습니까?"

모든 귀족들이 놀란 얼굴로 데오란츠 국왕의 곁을 수행하고 있는 수호 기사를 쳐다본다.

수호자 드베이안 공.

그가 왕국의 행사에 대해 입을 연 적이 있었던가?

그는 국왕과 왕실, 그리고 르마델의 안위 외에는 어떤 관심도 없는 기사.

그가 이렇게 많은 귀족들이 모인 공개 석상에서 자신의 의견을 직접 표명하는 일은 거의 처음이라 할 수 있었다.

"그대가……?"

그가 어색한 것은 데오란츠 국왕도 마찬가지인 모양.

"허락하신다면 무투대회를 지켜본 르마델의 기사로서 신

중히 의견을 표명하고자 합니다."

국왕 데오란츠가 묘한 눈빛을 빛내더니 이내 고개를 끄덕였다.

"허락하겠다."

"황공하옵니다."

기사의 예를 표하고 있던 수호자 드베이안이 뒤를 돌아보자 귀족들의 표정이 일제히 긴장감으로 물들었다.

기사단 전체 전력과 맞먹는 왕국의 초인.

그가 왕국의 공인된 초인이 된 지도 벌써 반백 년이 지났다.

이 자리엔 그런 수호자의 명성을 어렸을 때부터 흠모하며 자란 귀족들도 많았다.

만약 그가 국왕의 수호 기사가 아닌 권력 관계에 얽혀 있는 귀족이었다면.

르마델의 권력 판도는 결코 지금처럼 흘러가지 못했을 것이다.

"먼저, 나 역시 실력의 순수를 증명하는 왕립 무투대회가 온갖 마도구로 얼룩지는 것을 원하지 않았소. 기사로서 그리 바람직하다고 생각되진 않소."

무시무시한 초인의 눈빛.

내빈실에 무거운 적막이 내리깔린다.

"허나 기본적으로 결투는 실전의 증명. 전장에서 패배한

자가 마도구나 명검 때문에 승리를 놓쳤다고 핑계를 늘어놓는 것 또한 우스운 일이지. 아마도 이 점 때문에 무투대회를 설계한 당사자들께서도 굳이 규칙으로 막지 않으셨던 모양이오."

드베이안의 담담한 음성이 이어질 때마다 세파이온은 점점 불안해지기 시작했다.

왕국의 수호자, 그 이전에 유일무이한 초인인 그의 말은 그 무게가 상당하다.

더욱이 직접 국왕에게 재가받은 발언권이라면 이는 왕국의 역사에 남는 기록.

저 교활한 사관이 묘한 표정으로 정신없이 펜대를 굴리고 있는 것이 바로 그 직접적인 증거다.

하지만 그렇다고 수호자의 발언을 계속 내버려 둘 수는 없는 일.

결국 세파이온이 강짜를 부리기 시작했다.

"이미 베벤토 학장과 이 세파이온, 그리고 여기 모인 무수한 귀족 대신들, 무엇보다 국왕 폐하의 뜻을 함께 모아 내린 결정이오."

"르마델은 법과 원칙이 지배하는 국가. 잘못이 있다면 미리 규칙을 설계하지 않은 운영위에 있소. 왕국이 저지른 실수를 저 어린 생도들에게 전가할 생각이외까."

"……뭣이?"

왕국이 저지른 실수?

수호자의 입에서 나온 말이라곤 믿을 수 없을 정도로 위험천만한 말이었다.

설사 왕국의 체계가 미흡했다고 해도 결코 함부로 내뱉을 수 없는 말.

신성시되는 국가의 체계와 권력을 왕국의 수호자가 스스로 부정한다고?

한데.

"남부의 현인, 하이렌시아의 지혜이시여. 한데 이 에기오스는 왜 그런 결정을 들어 보지 못한 것이오?"

"현자……?"

천천히 일어나 수호자의 곁에 선 인물은 다름 아닌 현자 에기오스.

"그게 무슨 말이오?"

"아니, 그렇지 않소? 귀족 대신들의 모든 중지를 모아 내린 결정이라 하셨는데 이 에기오스로서는 금시초문인 일인지라……."

에기오스는 이 나라의 현자이자 마탑주이기 이전에 마도 명가 메데니아가를 대표하는 대귀족.

그의 말에 담긴 무게 역시 저 수호자에 비해 결코 모자라지 않았다.

한데 문제는 그가 하이렌시아가에게 막대한 후원을 받고

있는 마탑의 주인이라는 것.

마탑의 운영을 포기할 생각이 아니라면 결코 할 수 없는 선택이었다.

그래서 내빈실에 모인 귀족들은 표정을 관리하기가 힘들었다.

저 현명한 마탑주가 하이렌시아가의 일을 대놓고 훼방 놓는 장면을 대체 어떤 식으로 받아들여야 할까?

분명 자신들이 모르는 일이 흘러가고 있음이 틀림없었다.

온갖 권력의 역학 관계 속에서도 치열하게 살아남은 귀족들.

그들은 갑작스러운 수호자와 현자의 태도에 누구보다 민감하게 반응하고 있었다.

그때, 어디선가 늙수그레한 목소리가 들려왔다.

"이 헤데이안 역시 이번 결정을 들어 보지 못했소이다. 이상한 일이군. 학부장인 내가 이토록 중요한 결정에 대해 보고받지 못하다니."

학장 베벤토가 홱 하니 헤데이안 학부장을 쏘아본다.

제깟 놈이 언제부터 아카데미의 운영에 관심이 있었다고?

허구한 날 연구실에 틀어박혀 괴팍한 일만 일삼는 자가 이제 와서 저런 터무니없는 망발을 늘어놓다니!

"수천 명 군중들이 모두 지켜본 승리요. 이 일이 제대로 새어 나간다면 왕실은 틀림없이 비웃음거리가 될 것이오."

"헤데이안!"

화를 참지 못하고 벌떡 일어난 베벤토 학장을 향해 세파이온의 손짓이 날아들었다.

베벤토 학장이 가까스로 화를 삼키며 자리에 앉자 다소 가라앉은 세파이온의 목소리가 다시 울려 퍼졌다.

"자신 있소이까……?"

수호자 드베이안, 현자 에기오스, 헤데이안 학부장을 천천히 시선으로 훑고 있는 세파이온.

이 르마델 왕국에서 하이렌시아가의 뜻을 거역하고 살아남을 수 있는 자들은 존재하지 않는다.

한데 누구보다도 그 사실을 잘 알고 있을 만한 인사들이 오히려 천연덕스럽게 되묻고 있었다.

"무슨 자신 말씀이시오?"

"설마 지금 국왕 폐하께서 거하는 공간에서 우리를 협박하는 것이외까?"

점점 몸이 떨리기 시작하는 세파이온.

"감히 네놈들이!"

순간 수호자 드베이안의 전신에서 촘촘한 밀도의 투기가 흘러나왔다.

"감히?"

한데 그때.

"어어? 그만. 거기까지."

모든 귀족들이 획 하고 루인을 향해 뒤돌아본다.

루인이 수호자 드베이안을 쳐다보며 미묘하게 웃고 있었다.

"왕국의 안위를 지켜야 할 수호자께서 대신들을 겁박하면 되겠습니까."

순간 씻은 듯이 사라지는 초인의 투기.

투기를 거둔 채 정중하고 공손한 몸짓으로 뒤로 물러나는 수호자를 모두가 멍하니 쳐다만 보고 있었다.

귀족들은 갑작스레 닥친 현실을 잠시 머리로 연산하지 못했다.

대체 이 장면을 어떻게 받아들여야 하는 거지?

"현자님과 학부장님도 그래요. 일을 하다 보면 보고가 누락되거나 사후 통보가 될 수도 있는 문제를 왜 그렇게 민감하게들 반응하시는 겁니까?"

"흠흠."

"음……."

귀족들의 고개가 묘하게 꺾어진다.

현자와 학부장 또한 뭔가 루인에게 주눅 들어 하는 태도가 역력했기 때문이다.

"하지만 내가 합의도 하지 않은 일들이 자꾸만 전체 의결됐다는데 가만히 있을 수도 없는 일이지 않은가."

"그럼 그동안은 왜 참으셨지요? 아마도 이런 일을 수도 없이 겪으셨을 텐데."

"그, 그건⋯⋯."

피식.

"아, 뭐 됐습니다. 다시 뭐라고요?"

일체의 감정 없는 눈으로 자신을 직시해 오는 대공자의 눈빛.

노련한 현인답게 세파이온은 능글맞은 미소로 루인의 눈빛을 맞이했다.

"이런, 이런. 이제야 알겠네. 이제야 알겠어."

처음엔 즉각적으로 받아들이지 못했다.

마법학부의 학부장과 왕국의 고지식한 수호자, 저 지혜로운 현자가 하이렌시아가에 반기를 들었다는 것을.

하지만 지금은 확실하게 인지할 수 있었다.

'⋯⋯.'

수치스러웠다.

고작 금린사자기 하나가 전부인 옛 영웅의 가문 따위를 믿고 저치들이 이런 일을 벌일 수 있다는 자체가.

땅에 떨어진 하이렌시아가의 위상, 이 모두가 빌어먹을 기수 쟁탈전 때문이었다.

대단한 아이임은 틀림없다.

비록 완성되지 않은 기사이지만 초인을 꺾은 건 사실이니까.

저 늙은이들을 어떻게 구워삶았는지 자세히는 모르지만 결코 그 일과 무관하지 않을 것이다.

뿌드득

기수 쟁탈전을 주장했던 가주를 내버려 두는 것이 아니었다.

아니 무엇보다 하이베른가를 늙고 병든 사자라고 판단했던 자신부터 용서할 수 없었다.

한 번도 귀족 사회에 나타난 적이 없는 하이베른가의 대공자가 저런 무시무시한 놈이었을 줄은 상상도 하지 못했으니까.

하지만 이제 와서 후회해 봐야 소용없는 일.

'으음……'

저 늙은이들 중에 현자 에기오스가 끼어 있다는 것이 꺼림칙했다.

그는 남부의 현인이라는 자신과 비견되는 '왕실의 지혜'.

표정 하나 몸짓 하나 허투루 소비하지 않는 것이 그의 철두철미한 평소 모습이었다.

그런 능구렁이 같은 늙은이가 하이베른과 붙어먹었다면 틀림없이 무언가를 보았다는 의미일 터.

지금은 그것부터 알아야 했다.

"그래서 자네는 지금부터 어찌할 생각인가."

"생각이라니요?"

루인의 천연덕스러운 반응에 세파이온은 자신의 뒤편에

앉아 있는 귀족들을 눈짓으로 가리켰다.

"뜻이 충돌한다면 다수를 따르는 것이 왕국을 운영해 온 귀족들의 오랜 체계. 더욱이 이 일은 폐하께서도 재가하신 일이네."

"다수라……."

미묘하게 웃고 있는 루인.

루인의 두 눈이 긴장으로 가득한 귀족 대신들의 얼굴을 훑고 있었다.

왕국의 수호자와 현자까지 반대하고 나섰으니 그들로서도 혼란스러운 모양.

더욱이 아직 데오란츠 국왕은 한마디도 하지 않고 있었다.

그때.

"왕비께서 입장하시옵니다!"

라슈티아나 왕비를 보좌하는 시녀의 갑작스러운 외침.

라슈티아나 왕비의 등장은 귀족들을 더욱 당황하게 만들었다.

이런 일을 처음 겪은 것은 왕비를 보좌하는 시녀도 마찬가지였는지, 핏기 하나 없는 시녀의 창백한 얼굴에는 긴장감이 가득 묻어 나오고 있었다.

"1왕자 저하……?"

라슈티아나 왕비와 함께 등장한 인물은 다름 아닌 1왕자 아라혼.

왕비의 진정한 정체, 왕실의 내밀한 사정을 잘 알고 있는 몇몇 귀족들로서는 그 장면이 실로 어색하게 느껴질 수밖에 없었다.

대역 왕비가 함께하는 공식 행사에는 지금까지 한 번도 몸을 드러낸 적이 없는 1왕자가 아닌가?

데오란츠 국왕의 보좌에게 이것저것 물어보던 라슈티아나 왕비가 귀족 대신들을 쏘아보았다.

"여러 귀족 대신들께서는 왜 이번 무투대회를 인정하지 않는 거죠?"

대표로 나서는 세파이온.

"이 일은 왕비께서 참견하실 일이 아니옵니다. 왕국의 일이니 이만 물러가시옵소서."

어린 왕의 섭정이 아닌 이상, 왕비는 왕국의 일에 참정(參政)할 수가 없다.

더욱이 배역에만 충실하면 되는 대역 주제에!

세파이온의 분노 섞인 눈빛이 그녀를 해부할 듯 노려보고 있었다.

"그대들 렌시아 일파가 득세하기 전에는 그런 왕법이 존재하지 않았지."

1왕자 아라혼의 목소리가 분명했지만, 세파이온은 잘못 들었나 싶어 몇 번이고 두 눈을 끔뻑거리고 있었다.

공식 석상에서 고작 1왕자 따위가 자신의 가문을 하이

(High)로 예우하지 않는다고?

"1왕자……?"

아라혼이 태연하게 웃었다.

"왕실은 더 이상 렌시아가의 꼭두각시가 아니다."

루인을 바라보는 아라혼.

"그렇지 않은가. 하이베른가의 대공자."

루인이 그와 마주 웃으며 천천히 일어나고 있었다.

천천히 일어난 루인이 수호자를 지나 왕비와 아라혼의 곁에서 걸음을 멈추었다.

단지 걸어가 그들에 곁에 섰을 뿐이었다.

하지만 그의 행동이 의미하는 바가 너무 노골적이라서 모든 귀족 대신들이 경악의 얼굴을 하고 있었다.

왕국의 수호자와 마탑의 현자.

헤데이안 학부장, 그리고 1왕자와 대역 왕비.

그들에겐 공통점이 있었다.

실질적인 권력은 보잘것없는 수준이었지만 왕국에서 무시할 수 없는 정통성과 상징성을 지닌 자들이라는 것.

특히 수호자와 현자.

수호자는 사자왕과 비견되는 명성을 지닌 왕국 최고의 기사였다. 모든 기사들의 우상이나 다름없는 존재인 것이다.

그러므로 그의 말 한마디 한마디가 지니는 파급력이란 상상을 불허했다.

만약 그가 활동적인 성향이었다면 반드시 거대한 기사들의 세력을 일구어 냈을 것이다.

더욱이 현자는 마탑 그 자체를 상징하는 존재.

특히 그는 왕국의 하나뿐인 마장기의 '오너 매지션'이었다.

마음먹기에 따라 왕국에 무제한적으로 강짜를 부릴 수 있는 인물.

그런 그가 자신들의 적이 된다면 반드시 무서운 존재로 거듭날 터였다.

처참하게 일그러진 얼굴로 루인을 노려보고 있는 현인 세파이온.

모두가 긴장으로 침묵하고 있을 때, 루인의 입이 천천히 열리기 시작했다.

"절대 왕권의 전통을 자랑하는 르마델 왕국이 일개 가문의 꼭두각시일 리가 없지요."

아라혼을 쳐다보는 루인.

"하지만 현자님이나 학부장님의 반응을 보아하니 부정할 수만은 없겠군요. 회의 한 번 없이 운영위를 제멋대로 주무르는 게 정상은 아니지 않습니까?"

"다, 닥쳐라!"

피식.

"이건 뭐. 기수가의 정통을 잇고 있는 이 내가 당신의 눈에는 한낱 무뢰배에 지나지 않나 봅니다."

"감히!"

순간, 루인의 눈빛이 야수처럼 사납게 번뜩였다.

"폐하의 안전이다. 어떤 작위도 직위도 없는 자가 계속 입을 놀리는 것도 놀라운데 감히 기수가의 대공자를 천민 취급한단 말인가."

그것은 세파이온의 가장 치명적인 약점.

남부의 현인, 렌시아가의 지혜라는 이명은 분명 드높다.

하지만 그는 실질적인 작위나 직책이 없었다.

물론 핸드의 친동생이라는 사실만으로도 지금까지 왕실에 막대한 영향력을 끼쳐 온 것은 사실이었다.

세파이온이 악착같이 입매를 비튼다.

"왕국의 기수가? 사자의 가문? 감히 네놈들이 남부가 내어 주는 물자 없이 얼마나 버틸 수 있겠느냐?"

왕국의 북부는 그 강역의 규모에 비해 지극히 척박한 땅.

비옥한 남부의 생산력과는 비교조차 민망한 수준이었다.

그런 비효율적인 생산력을 무식하게 광활한 봉토의 영역이 그나마 메우고 있을 뿐.

고작 병력을 유지하는 것만으로도 해마다 막대한 적자를 감당하지 못해 왕실의 지원을 받고 있는 입장이었다.

그리고 그건 왕실의 지원이 아니라 사실상 남부 귀족들의 지원.

"도대체 고작 대공자 따위가 무얼 믿고 이리도 설쳐 대는 지 이해가 되지 않는군. 천둥벌거숭이처럼 날뛰고 있는 네놈을 정말 사자왕께서 용인하신 것이냐?"

막대한 남부의 부를 이용해 철저하게 왕국을 장악하고 있는 렌시아가의 자신감이 그의 두 눈에서 줄기줄기 뿜어져 나오고 있었다.

"아? 남부의 공물? 그렇지. 꼬박꼬박 바쳐 오던 공물 공급이 갑자기 중단되면 제법 곤란하겠군."

"……공물?"

공물(貢物).

살아남기 위해 강한 자에게 잘 보이겠다고 바치는 일종의 선물.

지금 저 하이베른가의 새끼 사자가 남부의 지원을 그런 굴종의 증표라고 말하고 있는 것이다.

"이거…… 아주 제대로 미친 놈이군."

분노가 극에 이르면 오히려 평정을 되찾는 법.

더 이상 그의 얼굴에는 감정이 드러나 있지 않았다.

이제는 발톱을 숨기지 않는 세파이온.

"오냐. 지금부터 정말로 지원을 중단해 주지. 이 일은 전적으로 네놈의 책임. 그리고 건방진 네놈의 행동을 반드시 사자왕께ㅡ"

삐딱하게 꺾이는 루인의 고개.

"남부의 현인이 아니라 남부의 바보인가? 굳이 바치지 않겠다면 사들이면 그만인 문제를 지금 그걸 협박이라고 하고 있나?"

병력을 유지하기도 벅찬, 게다가 기사들의 부정부패로 내부 사정마저 엉망인 병든 사자 놈들이 뭐?

재정을 풀어 물자를 사겠다고?

"크하하하하하!"

이건 진심으로 웃겼다.

허리까지 재껴 가며 미친 듯이 웃고 있는 세파이온.

그는 이내 대공자에게 가졌던 경계마저 풀었다.

꼴에 자존심이 상해 욱하고 내뱉은 말, 혹은 가문의 사정을 하나도 모르는 철부지에 불과한 놈이었다.

고작 이런 애송이와 지금까지 입씨름을 벌였다니!

순식간에 밀려드는 수치스러움과 모멸감.

더 이상 상대할 가치도 없다는 듯, 고개를 절레절레 젓던 세파이온이 데오란츠 국왕을 향해 뭐라 입을 열 그때였다.

"긱스 가주. 왕국의 건축가여. 그대의 영지가 올해 생산할 밀을 결(結)당 2만 리랑에 계약하고 싶습니다."

"예……?"

또다시 흘러나오는 루인의 무심한 음성.

"벤허 공. 공의로운 백작가여. 그대의 영지에서 생산되는 담비 가죽을 앞으로 전량 매수할 의사가 있습니다. 본 대공가의 제안은 언제나 균일하게 온스당 600리랑입니다."

"유, 육백 리랑……?"

루인이 시선을 옮기며 푸근하게 웃는다.

"헤럴드 공의 봉토에서 생산되는 오바움 나무도 질이 좋기로 유명하지요. 크리안 산맥에서 생산되는 목재의 절반 정도를 정기적으로 공급받고 싶습니다. 제가 제안할 금액은 온스당 300리랑입니다. 이 역시 시세 변동과 무관합니다."

"대공자. 그게 정말입니까? 헙!"

세파이온의 날카로운 시선에 황급히 헛바람을 삼키는 헤럴드 남작.

하지만 그만큼 하이베른가의 대공자가 제안한 금액은 충격적인 것이었다.

모두 평균 시세의 최소 3배.

더욱이 풍작인지 흉작인지 가늠할 수 없는 미래의 수확량을 통째로 사겠다니?

그런 불확실한 생산량을 미리 정해진 가격에 매입한다는 건 가장 후한 거래 방식이었다.

그런 거래처를 만난다는 건 안정적인 영지 발전에 필수적인 요소.

세파이온이 더욱 미친놈 보듯이 루인을 쳐다보고 있었다.

"정신이 나간 것이냐?"

"아니. 너무 멀쩡하지."

수확량을 알 수 없는 밀밭을 결당 2만 리랑에 선계약하고.

온스당 150리랑에 불과한 담비 가죽을 600리랑에 매입하겠다는 놈이 정상이라니?

하지만 무엇보다 이 거래에는 가장 중요한 하나가 빠져 있었다.

신뢰(信賴).

기수가의 명성만이 전부인 대공가에게, 과연 그런 엄청난 대금을 치를 능력이 있느냐에 관한 믿음의 문제.

이 르마델 왕국의 귀족이라면 늙고 병들어 버린 하이베른가의 곤궁한 사정을 모르는 이가 없었다.

그런데 그때.

"왕국의 가문비나무, 마도 가문 소울레스여."

마도 가문 소울레스가의 가주, 와이립 공의 눈빛은 세차게 흔들리고 있었다.

권력과 풍모를 상징하는 가문비나무야말로 마도 가문 소울레스가를 나타내는 상징적인 깃발.

하지만 정말이지 오랫동안 들어 보지 못한 소울레스가의 옛 영명이었다.

왕국의 양대 마도 가문인 메데니아가와 어브렐가에 밀려 옛 명성을 잃어만 가고 있는 소울레스가인 것이다.

루인은 와이립 공의 그런 흔들리는 눈빛을 침잠하게 응시하고 있었다.

"그 도해(圖解)를 얼마나 믿고 있습니까?"

"무슨……?"

"갑작스럽게 행운이 들이닥칠 때는 의심부터 하는 것이 원칙이지요. 놈들이 무슨 달콤한 말을 속삭였을지 충분히 눈에 그려집니다만 다시 생각하세요. 그 도해는 본 출력의 절반조차 발휘할 수 없는, 그것도 일회용 엔진입니다."

와이립 공이 온몸을 떨고 있었다.

하이베른가의 대공자가 말하고 있는 '도해'의 정체가 무엇인지 그제야 명확하게 깨달은 것이다.

'저 녀석이 어찌……?'

마장기의 핵심, 마력핵.

놈이 말하고 있는 건, 그 마력핵에 동력을 부여할 수 있는 강마력 엔진의 도해였다.

자신도 그 도해가 열화판 강마력 엔진의 도해라는 걸 이미 알고 있었다.

알칸 제국이 온전한 강마력 엔진의 제작법을 그렇게 쉽게 넘길 리는 없을 테니까.

한데 이 사실은 알고 있다고 해도 결코 함부로 입 밖으로 내뱉을 수 없는, 절대 권력을 지닌 하이렌시아가의 일이었다.

하이렌시아가가 마장기를 갖고 싶어 한다는 건 공공연한 비밀.

저 어린 사자가 지금 그 일을 공개적으로 언급하고 있는 것이다.

"감당할 수 있는 말만 하시오."

"감당?"

피식거리던 루인의 눈빛이 순간적으로 일변했다.

"이봐요 와이립 공. 닥소스가를 잘 아십니까?"

알칸 제국의 마도 명가 닥소스가.

결국 저 빌어먹을 놈의 입에서 알칸 제국의 마도 가문까지 언급되고야 말았다.

세파이온이 참지 못하고 소리친다.

"이 건방진 녀석이!"

하지만 여전히 흔들림 없이 와이립을 직시하고 있는 루인.

"그건 당신이 생각하는 그런 단순한 열화판 도해가 아닙니다. 불안정한 마력 흐름으로 언제든지 붕괴될 수 있는, 그건 그냥 폭탄입니다."

루인은 이미 에어라인의 리네오 길드에서 닥소스가의 열화판 강마력 엔진 도해를 직접 살펴본 경험이 있었다.

지극히 불안정한, 몇 번 정도 구동되다가 결국엔 터져 버릴 시한폭탄.

그것도 모르고 소울레스가는 자신들이 탄생시킬 위대한 마도 병기, 마장기의 꿈에 부풀어 헛된 기대와 망상을 품고 있는 것이었다.

와이립은 마도 명가의 가주답게 에어라인에서 들려오는

루인에 관한 소문을 잘 알고 있었다.

전설적인 헤이로도스 술식을 구현해 낸 세기의 마도 천재.

더욱이 현자에 근접한 마도(魔道)를 직접 베스키아 리움에서 확인까지 했었다.

"그게 정말 사실……."

"열화판 도해의 모든 오류를 바로잡아 완성해 드리죠."

"뭐? 방금 뭐라고 했소?"

루인이 웃었다.

"이 대공자가, 위대한 헤이로도스의 술식을 이어받은 마법사가, 그대들의 가문비나무를 다시 울창하게 가꾸는 동력이 되어 주겠단 뜻이지."

와이립은 이해할 수 없었다.

소울레스가가 마장기를 완성한다는 건, 하이렌시아가가 더욱 공고한 왕국의 지배자가 된다는 뜻.

늙은 사자의 가문은 더 이상 남부의 불새를 상대할 생각조차 품지 못하게 될 것이 분명했다.

"하이베른가가 왜 그런……."

루인이 아무렇지도 않게 웃었다.

"새로운 마장기의 출현은 르마델의 축복. 공의로우신 국왕 폐하께서 충분히 치하하실 일입니다."

"대, 대공자!"

"왕실의 재산과 마탑의 지혜를 빌리지 않고서도 마장기를 개발한 것은 참으로 대견한 일입니다만. 설마하니 그대들이 사적으로 마장기를 개발한 것에 다른 뜻이 있었단 말입니까?"

충격적인 정적이 몰아치는 내빈실.

저 하이베른가의 대공자가 지금 말 몇 마디로 소울레스가가 개발 중인 마장기를 왕국에 귀속시키려 하고 있었다.

그동안 하이렌시아가가 기울인 노력은 상상을 불허하는 것.

제국과의 치밀한 협상.

천문학적인 재원.

거기에 마도 명가 소울레스가의 전 역량을 갈아 넣은 마도공학의 예술을 지금 말 몇 마디로 앗아 가려는 것이다.

현자가 박수를 친다.

짝짝.

"불새의 가문에게 그런 놀라운 충정이 있는 줄은 몰랐소. 과연 이 나라의 대공가, 하이렌시아가다운 배포이오."

검으로 멋들어진 예법을 펼쳐 보이는 수호자.

"과연 한낱 검수 따위 상상조차 할 수 없는 일을 해내는구려. 르마델의 기사로서 그대와 그대의 가문이 해낸 일을 결코 잊지 않을 것이오."

흐뭇하게 고개를 끄덕이는 헤데이안 학부장.

"허허, 우리 르마델이 제국(帝國)이 되는 것도 머지않은 듯하오."

아라혼이 갑자기 데오란츠 국왕에게 허리를 숙인다.

"남부의 대공가, 하이렌시아가 놀라운 역량을 보여 주었습니다. 폐하께서 치하하여 주시옵소서."

두 눈을 사납게 부릅뜨고 있는 세파이온.

그는 떨리는 손, 솟구치는 분노를 주체할 수가 없었다.

고작 새끼 사자에게 우승의 영애를 빼앗으려 했다가 오히려 마장기를 빼앗기게 생긴 것이다.

"네놈! 지금 이 자리에서 저들 모두를 구워삶는다고 해도 어차피 중부를 지날 수는 없다! 중부는……!"

세파이온은 말을 잇지 못했다.

최근 남부를 충격으로 몰아간 소문을 그 역시 모두 보고받았기 때문이다.

루인이 배시시 웃었다.

"중부? 우리 충직한 봉신가 어브렐가 말인가?"

그 순간 세파이온은 깨달았다.

저 새끼 사자가.

이 날, 이 순간을 오래전부터 준비했다는 것을.

〈8권에서 계속〉